# メルカトル悪人狩り

麻耶雄嵩

KODANSHA NOVELS
講談社ノベルス

カバーイラストレーション＝鈴木康士
カバーデザイン＝坂野公一（welle《ヴェレ》 design《デザイン》）
ブックデザイン＝熊谷博人＋釜津典之

# 目次

# 愛護精神

# 1

「琢磨《たくま》を埋めてるんです」

麦芽色《ばくが》に日焼けした額《ひたい》に大粒の汗を浮かべながら、昭紀《あきのり》青年はショベルの手を休めた。

「死んじゃったんですよ、こいつ。一昨日までは元気だったんだけど」

「じゃあ、昨日に」

「いきなりぐったりしたんで、医者に連れていこうかと話してたのが、その前に逝《い》っちゃいました」

広い庭にはツツジやハナモモの枝が、剪定《せんてい》もされず野放図に繁《しげ》っている。春には見事な彩《いろど》りとなっていたが、いまは真夏の光を艶《あで》やかな葉が乱反射して、緑一色に貢献している。時に三十五度。冷夏の前評判を吹き飛ばす猛暑が、風流なはずの庭をただただ暑苦しく感じさせる。

四方を乱雑な庭木に囲まれ、RPGのセーブポイントのように死角になった片隅《かたすみ》に、昭紀はTシャツ姿で穴を掘っていた。

ここは私が住むアパートの隣にある大家の庭だ。二階の私の部屋からわずかに見下ろせるのだが、昭紀の奇妙な行動が目に入ったので、生垣《いけがき》をすり抜け尋《たず》ねに来たのだ。

「病気だったの？」

「さあ。いきなりだったから。この暑さで熱中症になったのかも」

地上の水分を全て蒸発させんとばかりに容赦なく照りつける太陽を見上げながら、昭紀は愚痴《ぐち》る。首に掛けられたタオルは汗で濡《ぬ》れ雑巾《ぞうきん》になっていて、彼の熱中症も心配になる。

「食中毒とかは？　向かいの浜爺《はまじい》さんが先週それで入院したらしいけど」

私が指摘すると、昭紀も浜爺さんのことは知っているらしく、突き刺したショベルの柄《え》に片肘《かたひじ》をついて凭《もた》れかかりながら相槌《あいづち》をうつ。

「二日前に買った寿司《すし》をほっぽり放しだったらしいですね。こんな時期に。寿司通《つう》だって威張ってる割に、味が変なのに気がつかなかったなんて、とんだお笑い草です」

含むところがあるのか、唇を歪《ゆが》め可笑《おか》しそうに笑っている。

「まあ、浜爺さんは通って云《い》うより、寿司と名のつくものには目がないって云ったほうが正しいだろうから」

「俺もマグロの刺身なら少々変色してようが喰《く》うから、人のこと偉そうに云えませんけどね」

「僕だって同じだよ。冷蔵庫は賞味期限が切れたものでいっぱいだし」

貧しい食生活を振り返りながら、私は頷《うなず》いた。卵に納豆、ハムに牛乳にその他諸々《もろもろ》。買いだめしたほとんどが期限を超過しているが、いままで腹を壊さずになんとかやれている。

「それで琢磨、ここに埋めるの？」

私は脇《わき》に横たわっている琢磨の哀《あわ》れな亡骸《なきがら》を目に尋ねた。昭紀の言葉どおり一昨日までは元気に玄関に居座っていた。二階の私の部屋まで声が聞こえてきたほどだ。それがいまは冷たく目を閉じて、蟬《せみ》の声に送られている。

「はい、多美《たみ》さんが云うものだから」

多美さんというのは、アパートの大家でこの家の未亡人である。年は三十。妖艶《ようえん》な美人さんだ。

昭紀は隣の家の大学生で多美さんにちょくちょく用事を頼まれている。人がいいのか、それとも未亡人に気があるのか、いつも快《こころよ》く引き受けて家に出入りしているようだった。

「でもこんな大きな犬を埋めて、保健所とかから文句が来ないのかい」

「さあ」と昭紀は首を捻《ひね》る。「でも、五年前に死んだ智《さとし》も庭に埋めたからって。ずっと一緒にいたいから、霊園とかには入れないそうです。ロマンチストなんですよ」

昭紀は今掘っている穴の隣を指さす。雑草に覆われた地面がタンコブのように軽く盛り上がっていた。墓標も何もないが、これが智の墓らしい。四年前に越してきた私には智がどんな犬なのか知らないが、墓の大きさからして琢磨と同じ大型犬のようだ。

「この前も昭紀君が？」

「いえ。まだ八尾《やお》さんが生きていましたから」

八尾というのは二年前に死んだ多美の亭主だ。顔を合わせたことはほとんどなかったが、かなりやり手の相場師だったと聞いている。百坪以上あるこの家や隣のアパートの他に、土地や商業ビルもいくつか持っていたらしい。

「でも、大変そうだね」

「晴れた日が続いて土が乾ききってるから、固くて固くて。あと一時間以上かかるんじゃないかな」

困った素振《そぶ》りでショベルを足で蹴《け》っているが、顔は嫌がっているふうではなかった。むしろ奉仕活動にマゾヒスティックな喜びを見出《みいだ》しているようにも見える。未亡人との関係に俄然《がぜん》興味がかき立てられるが、プライヴァシーに関わるのでこれ以上は差し控《ひか》える。いくらミステリ作家といえども、詮索《せんさく》好きのレッテルを町内に貼《は》られてはかなわない。

「じゃあ、がんばって」

立ち去ろうとしたとき、カルピスの入ったグラスを手にした多美が顔を見せた。

「まあ、美袋《みなぎ》さん」

今年三十になる美貌《びぼう》の後家さんは、色気のある嬌声《きょうせい》で呼び止めた。目鼻立ちがはっきりした顔に笑みを浮かべ、昭紀が奉仕したがるのも仕方ないと思わせる肢体をくねらせる。

昭紀に冷えたカルピスを手渡しした後、

「ちょうどいいところに。ちょっとお頼みしたいことがありますの」

「なんですか？」

警戒しながら私は答えた。大家と店子《たなこ》で面識はあるが、多美とはそこまで親しい間柄ではない。むしろ近所から聞こえてくる芳《かんば》しくない噂《うわさ》のせいで、なるべくなら関わりになりたくないと思っているくらいだ。

曰《いわ》く、財産目当てで二十以上も年上の亭主と結婚した。曰く、亭主が心臓発作で死んだのは多美の浮気性が原因だ。曰く、死んだあと継子《ままこ》を家から追い出した。曰く、いまはこの広い家に独《ひと》り暮らしで夜な夜な違う男を連れ込んでいる。などなど……枚挙にいとまがない。こんなところを近所の人に見られたら、自分も取り巻きの一人にされてしまいかねない。タダでさえくそ暑いというのに。

「琢磨のことなんですけど」

こちらの困惑などお構いなしに、多美は冷たくなった純白の秋田犬を一瞥《いちべつ》したあと、きっちり化粧された顔を近づけた。

「美袋さん。お知り合いに探偵さんいましたよね。ハーフの」

「ええ」と私は頷いた。たぶんメルカトルのことだろう。「でも、ハーフかどうかは知りません」

「そうでしたっけ。彫りが深いから、てっきり私はハーフだと。本当にそうじゃないんですか?」

素直にミスを認めたがらない感じで私に訴えかける。きっと名前だけ聞いてハーフだと勘違いしているのだろうが、あえて説明はせず、私は先を促《うなが》した。

「どうでしょう。それで、探偵がどうかしたんですか」

すると多美ははかなげな瞳《ひとみ》にいつでも涙を浮かべそうな顔で、

「実は、琢磨は殺されたんじゃないかって思うんです」

「琢磨が?」

意外な言葉に思わず訊《き》き直す。

「多美さん」と脇から昭紀が窘《たしな》めた。「まだそんなことを云ってるんですか」

「だって、一昨日までホントに元気だったのよ」

舌足らずな声で、多美は拗《す》ねるように昭紀を見返す。

「外に出るとすぐにじゃれてきて、ご飯もちゃんと食べてたし。まだ五歳で、死ぬような年でもないし」

昭紀は強く云えない様子で、不満げに「変な心配をし過ぎですよ」とぼそっと漏らす。

「でも、どうして殺されたなんて？」

話の見えない私は、二人のどこか私的なやりとりのあいだに仕方なく割って入った。多美は推理作家なのに鈍《にぶ》いわねもう、と云わんばかりの唇《くちびる》で、

「推理小説でよくあるでしょ。飼い犬に吠《ほ》えられないように先《ま》ず殺してしまうって」

「え、ええ」云いたいことが何となく理解できた。

「誰かあなたを殺そうとしているとでも？」

「そうなの」

それ以外の選択がない、決まり切ったことのように多美はきっぱりと云い放つ。

「誰があなたを？」

「決まってるじゃない、徹《とおる》よ」

名前を口にするのも汚らわしい、そんな表情。

徹というのは多美に追い出されたと噂される継子のことだった。八尾の先妻の息子で私も二年前に家を飛び出すまでは親しく口を利いていた。粗暴な面もあったが、実直な好青年だったように記憶している。年が三つほどしか違わない継母《ままはは》と反《そ》りがあわず、八尾が死ぬとほどなく家を出た。いまは堺《さかい》のあたりに住んでいるらしい。去年、駅でたまたま出くわしたが、その時は半年前に結婚したと云っていた。

「あの子、主人が残した財産を狙《ねら》ってるのよ」

ヴェニスの商人のような目つきで多美は叫ぶ。

「そうに違いないんだから」

「まさか徹君が」

彼女の言葉はにわかに信じがたかった。この義理

の母子が仲が悪いことも、徹が継母に追い出されたのも事実だろうが、徹は金銭欲よりも男気の強いタイプで、多美が八尾の遺産を独り占めして揉《も》めそうになったときも、「俺は一人で生きていくからそんなものいらない」ときっぱり撥《は》ね退《の》けたのだ。そんな近年珍しい謹厳な彼が、いまさら財産を奪い返そうと画策するとは思えなかった。

「だって他にそんなことしそうな人いないじゃない」

多美は口許《くちもと》を僅《わず》かにひきつらせムキになる。美人も台なしだが、すっかり琢磨は殺されたことになっている。

「それで?」

レアチーズケーキをおかずに天津丼《てんしんどん》を食べたような、ますます気が進まない胸中で私は促した。

「お知り合いの探偵さんに調べて欲しいんです。徹のことを。そうでないと心配で夜もおちおち眠れませんから」

言葉とは裏腹に、目許に隈《くま》一つないすっきりとした顔で多美は云った。

「そうですね……」

腕組みし、一応考える真似《まね》をする。メルがそんな雑用など引き受けないのは判《わか》りきっている。

「私にこんな話を持ち込んでくるなんて、君も相当の盆暗《ぼんくら》だね。それとも未亡人の色香に迷ったのかい」

そう鼻で笑い飛ばすことだろう。それをはっきり伝えるべきか。なるべくなら角を立てたくない。

大家ということもあるが、多美は近所からよく思われていないわりに拡散能力は大したもので、機嫌を損ねると一帯に変な噂が広まりかねないからだ。サッカーボールが似合う斜向《はすむ》かいの高校生は、去年の夏どういう理由か多美の下着を盗んだことになり、すっかり暗い奴《やつ》になってしまった。

「でも、彼の依頼料は高いですよ」

遠回しに断ろうとした。みすみすメルにバカにされる話など持っていきたくない。

「美袋さんの顔でなんとかならないかしら」

さも当然のように猫なで声を出す。

「彼は金に強欲で、とても顔が利くとは」

「お願いします。もしかしたら今夜にでも殺されるのかもしれないのに。人助けと思って、とりあえず話だけでも。それにアドヴァイスなんか頂けたらもっと嬉《うれ》しいんですけど」

全然とりあえずじゃないじゃないか。そう思いながらも滲《にじ》み出る色気に圧《お》される形で私は、

「解《わか》りました。一応、話だけはしておきます」

断りきれず頷いた。

ちらと昭紀を見ると、目許に同情の表情を浮かべている。お互い大変ですね、そう云いたげだ。彼にだけ判るように肩を竦《すく》めると、私は庭を出た。これ以上長居すると、今度は墓掘りを手伝わされかねない。

「頼りにしています」


ミンミン蟬《ぜみ》の甲高《かんだか》い声に混じって、背後で未亡人の溌剌《はつらつ》とした悩ましげな声が聞こえていた。

夕方、メルカトルの尊大な看板が掲げられた事務所に寄ったついでにその話をした。気が進まなかったが仕方がない。クーラーがガンガンに効いた部屋でレザーのアームチェアに身を埋《うず》めたメルカトルは、シルクハットを指先で転がしながら面白そうに聞いていたが、

「まことに下らない話を聞かせて貰《もら》ったよ。礼を云うべきだろうね」

「一応、云うだけは云っといたからな」

自分の責任をクリアした気持ちになり、少しばかり気が晴れた。

「当然、引き受けないだろ」私が窺《うかが》うと、「ああ、」とメルカトルは頷く。

「しかし、私にこんな話を持ち込んでくるなんて、相変わらず君も解ってないね。それとも未亡人の色香に迷ったのかい」

予想したとおり鼻で笑われた。だから厭《いや》だったんだ。メルは追い打ちを掛けるように、

「まあ、君のことだから猫なで声ひとつ奏《かな》でられただけでも、ころっと安請合いしてしまうだろうね」

「仕方なかったんだよ」

　云い訳しかけたが、やめて屈辱に黙って耐えた。近所づきあいを知らない奴には、どう説明してもあの拘束感を解ってもらえないだろう。仕方がない。とりあえず責任は果たしたのだ。それで満足することにした。

2

　その夜、日付が変わった頃にメルカトルの訪問を受けた。夕方に一緒に食事をしたばかりというのに彼は、

「やあ、久しぶりだね」

　と素《す》っ頓狂《とんきょう》な挨拶《あいさつ》とともに部屋へ入ってくる。

「どうしたんだ、こんな時間に」

　本当にこんな時間だ。しばらく途絶えていた筆が珍しく捗《はかど》り始めたところだというのに。

　だがメルはそんなことお構いなしに、荒れ放題の部屋に顔をしかめながら床をステッキでつついている。

「相変わらず汚い部屋だが、まあいい。長居する気はないからな」

「じゃあ、どうして来たんだ」

　散らばっている本や新聞を慌《あわ》てて片しながら、苛《いら》立《だ》ちを隠さずに私は尋ねた。

「これから出かけるんだよ」

　こっちの都合など無視してメルが宣言する。有無を云わせぬ命令口調。これみよがしに原稿が書きかけのPC《パソコン》の画面を見せても、一向にお構いなし。

「早く仕度しないか。懐中電灯《かいちゅう》くらいはあるだろ」

　ステッキで壁をつつきながら急《せ》かす。

「行くって、どこへだ？」

「決まっているじゃないか。多美という未亡人のところだよ」

意外な言葉に私は驚かされた。あの話は終わったものだと思っていたからだ。

「じゃあ、引き受けるのかい」

「そうだな」

夕方とうって変わって、当然のように頷く。どういう風の吹き回しなんだろう。資産家と知ってふっ掛ける気になったのか？

「でも、報酬は期待しない方がいいぜ」

釘《くぎ》を刺してもふんと笑うだけ。

「そんなことは関係ない。これから面白くなるんだから」

にやにやしている。普段から変な奴だが、今夜は不気味なほどハイテンションだ。

「でも、もう十二時を回っているが。こんな時間に押しかけても」

「別に未亡人に断るわけじゃない。庭に忍び込むんだよ」

「忍び込む！　どうして？」

「ついてくれば解る」

その表情があまりにも意味ありげだったので、仕方なく私も従うことにした。半信半疑だったが、メルカトルが突飛な行動を起こすときには何か裏がある。いままでの経験からするとそうだ。

私にとって吉なのか凶なのかは判らないが――たいていは凶だが――つい好奇心をそそられてしまう。私は押し入れから懐中電灯を探し出すと、ＰＣの電源もそのままにメルの後をついていった。

外は月のない夜。連続二十日の熱帯夜の報どおり、夜だというのに気温は下がらず、時折り頬《ほお》を撫《な》でる夜風も食べ忘れたざるそばのように生温《なまぬる》い。住宅街ゆえか深い時間になると人の気配は消え、全てが静まり返っている。

一年ほど前に放火が多発した時には町内会が当番で拍子木《ひょうしぎ》を打ちながら夜回りをしていたが、その犯人——片思いの消防士が懸命に働いている姿を見たかったという八百屋お七みたいな女だった——もう捕まり、夜回りも半年ほど前からなくなっていた。

　月がないため庭の付近は真っ暗だった。数少ない街灯からは距離があるので、庭まで届かない。奥にある未亡人の家は、石造りの門柱にぼんやりとした明かりが灯《とも》っているが、家の中は周囲の家たちと同様に暗く寝静まっている。

　庭を囲っているのは塀ではなく二メートルほどの生垣で、昼に私がしたように隙間《すきま》から簡単に入れるので、いかにも泥棒に狙われそうではある。一昨夜までは優秀な琢磨が番をしていたために襲われなかったのだろう。その意味では、未亡人の危惧《きぐ》は過敏だとしてもあながち的外れでもない。

　葉がこすれる音に気をつけながら、私は生垣をすり抜けた。こそ泥のように足音を忍ばす私と対照的にメルは悠々とステッキを振り振り歩いていく。

「なぜこんな真似をするんだ？」

　どうせ訊いてもちゃんと説明してくれないだろう、そう思いながらも訊かずにはいられない。もし誰かに見つかったら、どう釈明すればいいのだろう。幸い月が出ていないものの、午前様のサラリーマンが通りかからないとも限らない。変な噂でも立とうものなら、町から引っ越さなければならない。締め切りに追われたこの忙しい最中に。

　だが、というかやはりというか、メルカトルは端《はな》から答える気がない様子で、「あれが犬の墓かい」と前方をステッキで指した。懐中電灯はつけていない。闇夜《やみよ》に慣れた目に、昼に昭紀が掘っていた琢磨の墓が朧《おぼろ》気《げ》に映る。埋めたばかりなのでかなり盛り上がっている。肉や内臓が腐蝕《ふしょく》し骨だけになると隣の智の墓のように小さく凹《へこ》んでくるのだろう。

　私が頷くと、「じゃあ、この辺りで待つとするか」メルは銀木犀《ぎんもくせい》の茂みに腰を据えた。仕方なく私も腰を下ろす。何か尋ねようとすると、しっと黙れの合図。ただひたすら待つだけ。何を期待してこんなことしているのだろう。つきあいのいい自分になんとなく疑問を持たざるを得ない。

　そのうち藪蚊《やぶか》が顔や腕を刺し始めた。痒《かゆ》い。だが叩《たた》いたり追い払ったりしても黙れの合図。隣を見ると、メルはイヤホンで音楽を聴きながら平然と構えている。蚊など一切気にならないように。

「君は大丈夫なのか」

なぜ自分ばかり狙うんだ。理不尽さに呟《つぶや》くと、

「虫除《むしよ》けを塗ってこなかったのか」

馬鹿《ばか》にするように囁《ささや》く。

「当たり前だろ、こんなことになるなんて知らなかったんだから」

　再びメルはしっと黙れの合図。腹が立つ。しかしメルは一体何を待っているのだろう。未亡人の言葉通りの殺人者をか？　徹がそんなことをするようにはとても思えないが。

　日本脳炎の恐怖に怯《おび》えながら、私はひたすら待っていた。

　二時を過ぎた頃だろうか。静かに車が停《と》まる音が聞こえ、誰かがゆっくりと生垣をかき分けて入ってきた。静寂を乱さないよう、倍以上の時間をかけて、垣を越えている。人目を忍ぶその仕草《しぐさ》は明らかに怪しげだ。まさか未亡人の危惧は杞憂《きゆう》ではなかったのか。

　人影は大きな荷物を持っていた。いや、引きずってきたと云った方が正しいだろう。ゴルフバッグの倍ほどの鞄《かばん》——そもそもどういう使途で売られたものか判らないような——を重そうにずりずりと地に這《は》わせている。

　思わず腰を浮かそうとしたが、メルが私の肩を摑《つか》み制止する。もう少し待て、ということらしい。

　時間をかけて庭に侵入した賊《ぞく》は、家を目指すわけでもなく、真《ま》っ直《す》ぐに庭の隅《すみ》へと向かっていく。黒ずくめの服装。暗くて顔はよく見えないが、小柄《こがら》で野球帽からはみ出している髪にはパーマがかかって

いる。

本当に徹なのか……パーマはともかく徹も小柄で細身だった。しかし徹にせよ誰にせよ、何をするつもりなのだろう。

唾《つば》を呑《の》み動向を見守る。

やがて賊は重い鞄を引きずりながら琢磨の墓の前に来ると、ひと休みするように大きく息をした。はあという息遣いが藪蚊の羽音に混じってこちらまで伝わってくる。

どうして琢磨の墓に？　メルを見たが彼はじっと賊に視線を注いでいる。まだ動く気配はない。

束《つか》の間《ま》の休息ののち、賊はバッグの脇にくくりつけてあったショベルを手に取り、静かに琢磨の墓に突きつけた。微《かす》かだがガサと土が抉《えぐ》れる音が聞こえてくる。

「さて問題だ。あの人物は一体何をしようとしていると思う？」

耳許でメルが囁く。かろうじて聞き取れる声で。

「なにって」

云われるまでもなく、さっきから考えている。だが見当もつかない。

「犬マニアで琢磨を剝製《はくせい》にするとか」

何とか答えを捻出《ねんしゅつ》すると、メルは大仰に肩を竦めた。

「面白いね。だがそれならあの重いバッグは必要ないし、私がわざわざ来ることもない。それに琢磨というのはそんなに価値のある犬なのかい」

「いや、ふつうの秋田犬だと思うが」

もし由緒ある血統なら、あの未亡人が自慢しないはずはない。

「宝石を盗んだ奴が警察に捕まりそうになって琢磨に喰わせたのか」

「どこかで聞いた話だが、それも膨《ふく》らんだバッグの説明がつかない。賢い犬なんだから宝石など喰わないだろうし、喰わせようとしたときに吠えるだろ。それに殺したときそのまま運び去ればいいはずだ」

声こそ小さいが、鋭く馬鹿にしきった口調。自分でも正解と信じていなかったが、こう悉《ことごと》く踏み潰《つぶ》されると少しうんざりして「わからないよ」と思考を放棄した。案《あん》の定《じょう》、メルは満足げに微笑《ほほえ》む。

その間も賊は熱心に墓を掘り続けている。静かに、かつ丁寧に。夜もおちおち眠れないはずの未亡人はぐっすり睡眠中らしく気づく気配はない。

「そろそろ潮時だろう」

メルは立ち上がると、懐中電灯を照らしつけた。突然の光に賊は驚いてショベルを落とす。単一乾電池四個がもたらす審判の光に浮かび上がったのは、徹ではなく、見も知らない若い女性だった。黒ずくめの女は手で顔を隠すようにして背を向けると、そのまま逃げだそうとする。

「待ちなさい、八尾聡子《さとこ》さん。逃げても無駄だよ。顔は確認したからね」

厳しい声に立ち止まる賊。賊だけでなく私も驚いていた。八尾聡子といえばたしか徹の妻だ。

「私が何をしたというのです」

名を知られた賊——聡子は、開き直るようにふてぶてしく振り返ると、メルに向かって問いかけた。

「住居不法侵入。そして殺人、死体遺棄」

彼はステッキで大きな鞄をつつく。

「死体!」

私は叫んだ。真夜中の隠密《おんみつ》行動だということも忘れて。

「そうだよ。開けてみるかい」

慌てて、それでも恐る恐る黒い鞄のジッパーを下げる。ジジィーと濁《にご》った音がして三十センチほど開いたとき、奥から土気色した顔が現れた。八尾徹だ。

「どういうことだ?」

理由も解らず黒装束の聡子をそしてメルカトルを見る。

「大型犬の墓。人を埋めるには最適だと思わないかい? 一服盛って犬を殺せば未亡人は死骸《しがい》を墓に埋める。前の犬と同じように。墓が造られたのを確認してから、殺人をして、死体をそこに埋める。正確には犬と掏《す》り替えるんだがね。人ひとり分の穴を掘るのは骨が折れるだろうが、埋めたての軟らかい土なら女手でも比較的容易に掘り起こすことができる」

私ではなく聡子に刺激的な視線を送りながら、メルは言葉を続ける。つまり多美、ひいては昭紀に墓穴を掘らせたわけか。

「しばらくすると当然腐臭が漂《ただよ》いはじめる。自殺他殺を問わず、多くの死体はそれで発見されるのだが、未亡人は犬の腐臭だと思い気にしない。近隣の者もだ。だが徹が行方不明になっていたなら、当然この未亡人も容疑者だ。警察は最近犬を埋めたことを疑問に思って掘り起こす。犬じゃなく徹が埋まってるんじゃないかってね。もし誰もそれに気がつかなければ、あの臭《にお》いは犬ではなく徹なんじゃないかと、近所の住人を装って通報すればいい。そして死体が発見され未亡人が勾引《こういん》される。徹殺しの容疑で。すると灰色だったこの女は潔白になる。最も安全な犯罪は、スケープゴートを立てることだからね。それだけのことだ」

「でも、どうして私だと」

黙ってメルの自慢話のような推理を聞いていた聡子が、負け惜しみのようなヒステリックな声で訊き返す。

「殺されたのは徹だと推察できたからね。多美が殺してもおかしくないと考えられるのは彼しかいない。犯人は自然にその関係者ということになる。それで何人かの写真を入手しておいたんだよ。当然、君を第一候補としてね」

「なぜ今夜だと判ったんだ」

ようやく頭の整理がついた私が尋ねると、

「土が乾いてから掘り起こせば気づかれるので今夜だと踏んだわけだ。それに代わりに持って帰る犬が、この暑さで腐乱していたら厭だろ。早いに越したことはない」

「じゃあ、動機は」

「それは彼女に訊いた方がいいだろうね」

メルは聡子の方を向き促す。聡子は口惜《くや》しそうに頬をひきつらせていたが、やがてぼそっと、

「土地を持ってると思ってたのに、自分はそんなものいらないって云い出すから。こいつが悪いんだよ」

「徹が死んで未亡人が逮捕されれば、財産が全て自分のものになるとでも考えていたのかい。それとも多額の保険金でも掛けていたのかい？」

どちらも図星《ずぼし》だったようで、聡子は鬼のような目でメルを睨《にら》みつける。そして「覚えていろ」と口走り今度は門へと駆けていった。死体もショベルも残したまま。やがて車をふかす音が聞こえ、近隣の住民を叩き起こさんばかりのタイヤの軋《きし》み音とともに走り去っていく。

「追いかけないのか」

吸気不足気味のエンジン音が聞こえなくなっても、メルはまだ悠然と構えていた。周囲は再び静寂に呑み込まれている。元どおりの閑静な住宅街に。

「もう面は割れているんだ。逮捕は警察の仕事だよ。そこまでの面倒は見きれないさ」

「でも、覚えていろって捨て科白《ぜりふ》を残していったぜ。潜伏《せんぷく》してきみに復讐《ふくしゅう》する気なんじゃないのか。女の執念は怖いぞ」

脅してもどこ吹く風で、メルは私を見返すのみ。むしろにやりと笑うと、

「気をつけるなら君の方だ。この界隈《かいわい》に住んでいるのは私ではなく君なんだから」

その指摘があまりにも自然だったので、思わずぞっとした。熱い夜風がまるで氷塊のように背筋を撫でる。こんな大胆な計画を立てるほどの女だ。もしかすると司直の手も逃れてしまうかもしれない。そして……。

「まあ、そう心配するな。死んだら線香の一本でも

あげてやるから。焼香で摘《つ》まむのは二回でいいか？」

ケセラセラとどこまでも厭味な奴だ。何か一矢報《いっしむく》いたい。

「しかしきみにしては珍しいことだな。こんなタダ働きをするなんて。さして面白い事件でもなかっただろうに。それとも、また何か魂胆があるのか」

そう探りを入れると、

「別に。人を殺すのは結構だが、そのために犬を殺すのが気にいらなかっただけだよ。私はこれでも動物愛護団体の会員だからね」

シルクハット片手にメルは平然と嘯《うそぶ》く。だがそんな愛護の精神など私には信じられない。あのメルがである。きっと裏があるはずだ。彼が濡《ぬ》れ手で摑むものが。

藪蚊に刺されまくった恨みのためにも、きっとそれを突き止めて邪魔してみせる……私は空を見上げ、夏の月のない夜天に誓った。

＊

あれから二ヵ月。猛暑は過ぎ去り台風が押し寄せる秋になった。危惧したとおり聡子逮捕の報は入ってこない。私は戦々兢々《せんせんきょうきょう》とした日々を理不尽な思いで送っている。

そしてなにより癪《しゃく》なのは、メルがこの事件でどんな役得をしたのかいまだに判らないことだった。

# 水曜日と金曜日が嫌い

火の精、サラマンダーは燃えよ。
水の精、ウンディーネはうねれ。
風の精、シルフは消え去れ。
土の精、コボルトはいそしめ。

## 1

荒々しい波の音が足許から聞こえてくる。這い上がり私を海へ引き込まんとするかのように。山からの木枯《こがら》しが樹々《きぎ》をざわめかせる。耳に指を掛けそのまま頭上につり上げんとするかのように。やがて私は、この悪意ある海と山のざわめきによって、上下に引き裂かれてしまうだろう。

それも良いかもしれない……ごつごつした小径《こみち》を棒になった足でとぼとぼと下りながら、私は溜息《ためいき》をついた。この疲労と悪寒《おかん》に塗れた孤独から即座に解放されるのなら。

日が沈むまでには余裕があるが、分厚い雲と左右に密に立ち並ぶ樹木のせいで、まるで一本道の暗渠《あんきょ》をひたすら歩いているかのよう。もし絶え間ない波の音が聞こえてこなかったなら、ここは海辺ではなく青木《あおき》ヶ《が》原《はら》の樹海《じゅかい》の中かと疑っていただろう。いや、この荒れ気味な波の音も、よからぬ精霊か、あるいは私の願望がもたらした幻聴の可能性すらある。いきなり視界が開けて喜んだのも束の間、三六〇度全てが深い山々に囲まれ、今まで聞こえていたはずの波の音がぴたりと止《や》む。……悪夢だ。

唯一の救いは、なだらかな下りになっていることか。山道なので多少のアップダウンはあるが、基本的に下っている。歩き始めた場所から考えて、登らないかぎり深山に分け入って鹿《しか》の声を聞くことにはならない筈《はず》だ。

しかし……と、私はジャケットの襟元を固く締め、寒さで朦朧《もうろう》とする頭で思い出す。登山ではたしか、迷ったときに沢を下らずに尾根を目指して登らないと遭難すると聞いたことがある。沢沿いにはたいてい滝があり、それ以上下流に進めなくなるからだそうだ。もしこの波の音と思っていたものが実は石走る滝が落ちる音で、この未舗装ながら確固としていたはずの小径が突然シダや灌木《かんぼく》に覆《おお》われたとしたら。

恐怖しかないが、小一時間歩いた以上、今さら後戻りもできず、とにかく先へと進み続けなければならない。あの時、スマホを水没させてさえいなければ……後悔ばかり押し寄せる。

頼まれ仕事で海に突き出た山の中腹にある、とある修験道《しゅげんどう》の古寺に着いたのが今から二時間前。百二十年に一度の開帳ということで、はるか石見《いわみ》まで特急やバスをいくつも乗り継《つ》いでやってきたのだ。

三メートルはあるメフィストフェレスのような邪悪でバタ臭い権現《ごんげん》像を目にしたときは、コレを従えれば自分もファウストになれると有頂天《うちょうてん》になっていたが、思えばそれが傲慢《ごうまん》だったのかもしれない。ギリシャ神話に出てくる王や英雄たちも、自分が神に勝ると驕《おご》り高ぶったときに神罰が下されるのだから。

帰り際、手水舎《ちょうずや》の水が鋳物《いもの》の手長足長の口から出ていることに気づいたときだった。妖怪《ようかい》とも神仙ともいわれる手長足長と修験道は縁があったのかと驚きながら、厳粛さと滑稽《こっけい》さが合わさったその意匠にスマホのカメラを向けて撮ろうとしたとき、突然シューベルトの『魔王』のメロディが鳴り響いたのだ。メルカトルからの電話だった。慌てた私は手を滑《すべ》らせ、スマホはそのまま水盤にぽちゃん。慌てて掬《すく》い上げたものの、既に集積回路と耐久ガラスでできた物云わぬ塊《かたまり》となり果て、後の祭りだった。

悪いことは重なるもので、肩を落としながらバス停に向かったところ、ちょうど最終便が砂塵《さじん》を巻き上げ走り去っていくところだった。十分だけ発車時間を勘違いしていた上、スマホが壊れたために時刻表を再確認できなかったのだ。だが、それはスマホの水没に比べれば大したことではなかった。まだ日は高く、五キロほど下った街道筋に出れば、別の路線バスが走っているはずだったからだ。そこから駅まで行けば、電車に揺られて海辺の宿に辿《たど》り着ける。宿まで行けば温泉とタイやヒラメの舞い踊りが楽しめるはず。

それなのに二時間経った今も、私は依然として木枯しが吹きすさぶ山林の真《ま》っ只中《ただなか》にいる。昏を蒼《あお》くさせて……。爪先《つまさき》もかなり冷えてきた。まだ十一月の末だというのに。山陰というところは日が傾き始めると、かくも寒さが厳しくなるのか。身をもって知ったわけだが、この教訓を活《い》かすには、無事に明日を迎えなければならない。

最大最後の誤《あやま》りは、九十九折《つづらお》りの舗装道に飽《あ》きて、ショートカットできるのではと、甘い考えで脇の小径を選択してしまったことだろう。目の前を横切った黒ウサギが小径に隠れたので、気づいてしまったのだ。ああ……。

最初は道路よりも勾配《こうばい》が急で目論見《もくろみ》が成功したと北叟笑《ほくそえ》んでいたのだが、やがて小径は平坦《へいたん》になり、あまつさえ道路とは反対側に緩《ゆる》やかなカーブを描き始めた。爾来《じらい》、この一時間、一度も舗装道と出くわしていない。

当初は心強かった波の音も、そればかり聞かされていると、音による拷問のようになってきた。なので時折り海鳥の悲鳴のような啼《な》き声が聞こえてくると、意味もなく安心したりもした。

元来た道を引き返すとなると、九十九折りの道路まで一時間、そこから街道筋までまた一時間弱。さすがにまだバスの便が残っているか不安な時間だ。確認しようにも肝心のスマホが化石になっている。それればかりでなく、ＧＰＳも使えないので、自分がどこにいるのかすら判らない。

スマホ、スマホ、スマホ！

万事スマホに頼り切った結果がこれだ！

なにが文明の利器だ。科学の進歩だ。水に濡れただけでお釈迦《しゃか》になる科学って何だ！

無事帰れたら、これからは原稿用紙に万年筆で原稿を書くことにしよう。

固く決心したとき、ひときわ強い海風に乗って、再び海鳥の声が聞こえてきた。肩を窄《すぼ》め奥歯を震わせながら、安堵《あんど》の息を洩《も》らす。

すぐにそれは偽《にせ》の安堵ではなくなった。なぜなら海鳥の声のする方に立派な白亜の洋館が聳《そび》えていたからだ。

分厚い黒雲を背景にシルエットを浮かび上がらせたその館《やかた》は三階建てで、中央から望楼《ぼうろう》がにょきっと突き出ていた。高さは二〇メートルくらいだろうか。

壁は白い大理石が並べられているが、屋根には本《ほん》瓦《がわら》が葺《ふ》かれており、先端の鬼瓦《おにがわら》の位置には鴟尾《しび》が何尾も尾を天に反らせている。普通の洋館以上に和洋が折衷《せっちゅう》されておりなんとも奇妙なスタイルだ。

よくある洋館のように正面がカステラ状に左右に延びているのではなく、この館は中央に屹立《きつりつ》する望楼を護《まも》るように、四方を屋根付きの部屋がぐるりと取り囲む構造になっていた。そのせいでかなり巨大な建物にも拘《かか》わらず、堅牢《けんろう》さとともに窮屈さが目立っている。洋館というより、西洋と日本の城塞を混ぜ合わせたような感じだ。

道中を終始つきまとっていた樹木が周囲だけ綺麗《きれい》に切り払われているせいで、黄昏に聳え立つ白亜の館は幻想的というか、非現実的な存在にしか見えなかった。困窮した心が映し出した幻ではないのかと。

正面を向く窓にはみな白いカーテンが引かれている。どの部屋も照明は消えているようだが、望楼だけは明かりが点いていた。

人がいる……。

思わず駆け寄った目の前には、天を突き刺さんばかりの槍《やり》を並べたような、鉄製の門扉《もんぴ》が無情にも閉じられていた。

声を上げて無礼を承知で中に呼びかけるべきか。それとも……。

門扉の前の道は古びているものの、きちんと舗装されていた。そして私が来た道とは反対側に続いている。つまりこの道を下っていけば人里に辿り着ける可能性が高い。とはいえ、どれほどの時間を要するか判らない上に、下手をすればぐるりと回って目的の街道とは正反対の場所に出てしまうかもしれない。路線バスが通らない道に。途中で行き倒れようものなら、山陰の夜のことだ、確実に死をもたらすだろう。

たとえ不作法でも、ここで助けを求めない選択肢はなかった。しかし見るからに広い敷地《しきち》。この疲弊《ひへい》した声で館の住人の耳まで届くだろうか。荒々しい波の音、木枯しの騒めき、そして先ほどは救いの福音《ふくいん》となった海鳥の声に、こんどは掻き消されてしまわないだろうか。不安ながらも精一杯の力で呼びかけようとしたとき、端の門柱にインターフォンが取りつけられていることに気がついた。視野が狭まりすぎてこんなことすら気がつかなかったのだ。

気をとり直しインターフォンを押すと、スピーカーから軽くノイズが混じった女性の声が返ってきた。ボタンの上にカメラレンズがついているので、向こうからはこちらの姿が見えているのだろう。私は顔を引き攣《つ》らせながらレンズに向かって精一杯の笑顔を浮かべると、窮状を訴えた。

「……お待ち下さい」

果たして聞き入れられただろうか。事務的で冷淡な返答に不安を覚えながら門柱にしがみついていると、やがて玄関の奥に照明が点き、ドアが開く小さな音が風に乗って聞こえてきた。希望の音。まるでミノタウロスの迷宮に伸びたか細いアリアドネの糸のよう。

助かった……。

気が緩んだせいか膝《ひざ》が崩壊し、そのままずるずると崩れ落ちていく。

そして気がつくと私は露天風呂《ろてんぶろ》に浸《つ》かっていた。

＊

桃源郷《とうげんきょう》というのはまさにこのことだろう。

湯煙に頬を潤《うるお》わせ、白濁した温泉で身体《からだ》の芯《しん》まで温まりながら、タオルを頭に載せた私はぼおっと空を見上げていた。

湯気の隙間から見える雲はまだ白みが強く、夕闇《ゆうやみ》には時間があることが察せられた。おそらく四時あたりか。海風のせいで、露天から湧《わ》き上がった湯煙が静かに山手の方へと流れていく。

ここがもし混浴ならば、この分厚い曇天《どんてん》の隙間から一条の光が射《さ》し込み、無縫の天衣を纏《まと》った天女が舞い降りてくる可能性もある。

残念ながら混浴ではないし、さすがにそれは高望みが過ぎるというものだ。いやはや、我ながら浮かれている。それくらい私は今の僥倖《ぎょうこう》を満喫していた。

ほんの十数分ほど前は、誰か粗忽者《そこつもの》が終末のラッパを吹いたのかと絶望しかけていたのだ。ところが最後の最後に千年王国の扉は開かれた。

館から現れた救世主は、黒白のエプロンドレスを纏ったメイドだった。

年は三十手前くらいだろうか。小柄で丸顔だが、子供っぽさはなく、落ち着いた雰囲気を漂わせている。美人ではあるがメイド姿があまり似合ってないなと感じたのは、顔が和風だったせいかもしれない。黒髪を束《たば》ねたシニヨンには白いキャップが被《かぶ》せられていた。

「どうかされましたか？」

凛《りん》と美しいが硬質な声音《こわね》だった。

駆け寄ったメイドに対して、私は経緯を訥々《とつとつ》と述べた。実際は私の言葉よりも、ボロ雑巾《ぞうきん》のごとき見てくれの方が説得力を持っていたかもしれない。

メイドは従軍看護婦のように優しい笑みを浮かべると、もう大丈夫とばかりに肩を貸して私を立ち上がらせた。そのまま屋敷《やしき》の中まで連れていく。

謝辞を述べ、同時に身体の冷えを訴えると、そのまま渡り廊下で繋《つな》がったこの浴場まで案内してくれたのだ。

その間、わずか十分足らずのことだが、走馬燈《そうまとう》のごとく断片的に覚えているだけだ。夜道をぼんやりと運転していたら、いつの間にか家まで着いていた、でも意外と安全運転していたような。そんな曖《あい》昧《まい》な記憶しかない。お前は宇宙人にアブダクションされていたのだと決めつけられても、強く否定は出来ない感じの。

正直、温泉の誘惑が強すぎて、ちゃんとメイドが立ち去ってから脱衣したのか、自信がないくらい。

とにかく温泉により身体が温まり疲労が癒《い》やされてくると、今度はこの僥倖《ぎょうこう》が出来すぎに感じられてきた。

もしかしてキツネに化かされているのでは？

不安になり始める。昔話のように翌朝目が覚めれば、素《す》っ裸《ぱだか》で木の葉に埋もれて横たわっているかも。もちろんあたりは茫洋《ぼうよう》としていて館など影も形もない。タヌキに化かされない自信はあるが、キツネ相手だとさすがに自信はない。

思わず周囲にきょろきょろと、視線を漂わせる。

街中の銭湯ほどの大きさの露天風呂は、三方を竹垣に囲まれている。残る一方、ドアの向こうの脱衣場の建物からは大きな庇《ひさし》が延びて、洗い場や湯船の三分の一を覆っている。雨でも入浴できるようにだろう。

石を組み合わせた湯船には至る所に湯ノ花がこびりついていた。手を伸ばし、湯ノ花を摘まみ上げる。ぬるっとした感触と硫黄《いおう》臭さに、これは夢ではなく実在するものだと安堵した。

三方を囲む竹垣のうち、両サイドは二メートルの高さがあったが、真ん中だけは一メートルほど。真ん中の竹垣の向こうは今は曇り空しか見えない。波の音が間近に迫ってきているので、海に面しているのだろう。

逆に左側の垣の奥は女湯になっているようだ。ちょうど誰か入ってきたのか、かけ湯の音がする。ついでぽちゃっと湯に浸かる艶《つや》っぽい音がした。

目当ての温泉宿には行けなかったが、こちらの方がはるかに得した気分だ。宿はたしか露天風呂でなかったし、今のように湯舟を独占することも出来なかっただろう。

やがてドアのモザイクガラスに人影が映り、メイドの声がガラス越しに聞こえてきた。

「お客様、お着替えをお持ちしました。籠《かご》に入れておきます」

「あ、ありがとうございます」

礼を述べて、私は再び肩まで身を沈める。

本当に……とんだ僥倖だ。

もう何度、呟き、実感し、感謝したことだろう。あまりに感謝しすぎたせいで、少々のぼせてしまったくらい。

籠に入っていた真っ黒なナイトガウンに着替え、手すりにつかまりながら渡り廊下を伝って館へと戻る。奥の厨房《ちゅうぼう》で、先ほどのメイドが調理をしているのが見えたので、私は再び礼を述べた。

「ありがとうございます。いいお湯でした。本当に助かりました」

「元気になられて、よかったです。お召し物は洗濯していますので、乾きましたらお返しします」

声も表情もクールで、決して愛想《あいそ》がいいというわけでもないのだが、優秀さというか安心できるような信頼感があった。

「洗濯まで！　何から何まで申し訳ありません」

「気にしないで下さい。明日には何組かお客様が訪れる予定になっておりまして、大した手間でもありませんから」

「……もしかして、ここはホテルかなにかですか?」

リゾート地の高級ホテルである可能性に思い至り、焦る。まさか宿泊客としてチェックインしたことになっていたなら……。相場は一日いくらくらいなのだろう、思わず財布の中を確認したくなった。

するとメイドは即座に、「違いますので、ご安心下さい」と見透かすように微笑んだ。「ここはホテルではなく大栗《おおぐり》博士の邸宅です」

＊

テラスで椅子《いす》に腰かけて、私は寛《くつろ》いでいた。少し前を考えると、何とも優雅なロケーションで湯冷ましをしているものだ。あれほど身体の芯を凍《こご》えさせた海風が今は心地いい。我ながら苦笑せざるを得ない。まあ、一夕の儚《はかな》い夢だとしても、今は楽しむに限る。

日没には少し早いが、曇天のため飴《あめ》が溶けたような茶色い陽光も朧《おぼろ》にしか届いてこない。

大栗邸は切り立った崖《がけ》の上に建てられているようだ。露天風呂でもそうだったが、波の音や海鳥の声が、目の前に広がる芝生の庭よりもはるかに下から聞こえてくる。庭の縁には白い柵《さく》が設けられているが、恐らくその先は絶壁が待ち構えているのだろう。竹垣で仕切られた露天風呂と違い、テラスからは水平線を眺《なが》めることが出来る。波は荒れ、いかにも冬の日本海といった厳しさばかり感じさせる風情ではあったが。

この館の主は高名な脳外科医で、かつては大栗会大栗病院の院長であり会長でもあったらしい。大栗会は中国地方に二十以上の病院を持つ歴史ある大きなグループで、戦前から政財界とも深い繋がりを持っていたようだ。ところが大栗博士は三十五年前に親族に経営権を譲渡して、この大栗屋敷に移り住んだ。四人の孤児とともに。

大栗博士は独身で兄弟もおらず両親は既に死亡していたため、この屋敷には大栗博士の他には四人の孤児と五人の使用人が同居していたという。併せて十人だが、それでも館の規模に比べると少ない。

なぜ大栗博士が隠遁《いんとん》するかのように孤児たちとここへ移り住んだのかは、当の孤児たちも含め誰も知らないらしい。博士の養子となった孤児たちは全くバラバラの施設から引き取られてきたようだ。

やがて博士は専門家を雇い子供たちに楽器を教えるようになった。それぞれヴァイオリンを二人に、ヴィオラを一人に、チェロを一人に。最初から決めていたのだろう。大栗博士はテラスで彼らの演奏を聴き喜び、また偶《たま》の来客に対して披露していたが、決して屋敷の外では演奏させなかった。そのためいつしか彼らは〝門外不出の四重奏団〟と呼ばれるようになった。

そんな秘蔵の四重奏団だが今から十年前、突然彼らはこの館から立ち去ることになる。充分な支度金《したくきん》を与えられ独立を云い渡されたのだ。事前に専門家による職業教育を受けていたこともあり、彼らは独立後も不自由のない生活を送ることが出来た。むしろ巣立ちまでセッティングしてもらい、博士に感謝しているらしい。それゆえ独立後も、季節の変わり目に四重奏団はここに集って、門外不出の演奏を続けていた。

大栗博士は従来の使用人も解雇し、新しく招いたメイド（私を助けてくれたメイドだ）と二人でこの屋敷に住むことになった。

そして今から二年前、大栗博士は心臓発作で死去した。四重奏団は葬儀の時に続き、毎年博士の命日になると、弔問客《ちょうもんきゃく》の前で門外不出の演奏を執《と》り行うことになった。生前の博士が望んでいたことらしい。

奇《く》しくも博士の命日が明後日《あさって》で、四重奏団の子息たちも昨日からここに逗留《とうりゅう》しているとのこと。

大栗博士の遺言で、屋敷とそれを維持する資金を除き、莫大《ばくだい》な資産は五年を待って四人に分割されることになった。屋敷の維持は、今まで通りメイドに任せるらしい。


ぼんやりと海原を眺めていると、頭上からヴァイオリンの音色が聞こえてきた。聞き覚えがある有名な曲だが、曲名までは思い出せない。一通り進んだところで一旦《いったん》止まり、再び始まるので、CDではなく誰かが練習しているようだ。おそらく門外不出の四重奏団のメンバーが弾《ひ》いているのだろう。演奏自体は美しいのにどこか不安定に感じるのは、アゴーギクの激しさに加えて、伴奏のピアノがない故《ゆえ》だろう。

ヴァイオリンのポルタメントを効かせた音色は子守歌のように甘く、そのまま居眠りしてしまいそうだ。いつしか荒波の音が、欠けた伴奏のパートを補うかのように聞こえ、全く別の二重奏に発展していく。

温泉の時とはまた違った快楽。ここに辿り着くまでの苦労が、まるで幻のように感じる。手すりにいっそう身を預け瞼《まぶた》が重くなりかけたとき、隣でガサと物音がした。

次いで長身の人物が館から現れる。黒いローブに、黒いマント、そして頭からすっぽり被った頭巾《ずきん》も黒と、黒ずくめの時代がかった格好で、まるで中世の錬金《れんきん》術師だった。

庭の向こうは切り立った崖だが一ヵ所だけ海にぬっと突き出た岬《みさき》があり、その先端に灰色一色の小さな木造の小屋が建っていた。館から五〇メートルくらい先だろうか。片流《かたなが》れの板葺《いたぶ》き屋根で、手前の妻側に粗末《そまつ》な扉がついているだけ。トイレや物置にしては奇妙なロケーションではある。そしてその人物は小屋へとゆっくりとした足取りで向かっていた。

小屋の前まで来ると、同じくゆっくりとした所作で小屋の扉を静かに開け、中へと入っていく。

いつもなら不審を察して注意を喚起するところだが、一風変わったこの館や、アナクロなメイド、〝門外不出の四重奏団〟という大仰なネーミングから、どこか感覚が麻痺《まひ》していたのかもしれない。むしろ錬金術師なんてこの古めかしい館にはお似合いだなと微笑ましく感じただけで、視線を再び海原へと戻してしまった。ヴァイオリンの音色は既に止んでいる。

ただ、さすがに意識下で不自然さを感じていたらしく、ぼんやり海を眺めながらも小屋をなんとなく視野の片隅に捉《とら》えていた。

五分ほど経《た》った頃だろうか。黒ずくめの怪人物はドアを引き小屋の外へ現れると、館へと戻ってきた。往路と違い少し前屈《まえかが》みで、足取りも小走りに近かった。

館の陰《かげ》に怪人物が消えていき、荒々しい波の音が先ほどまでと同じように耳を冒《おか》し始めた頃、私は再び違和感を覚えた。それも先ほどとは全く別の違和感を。

違和感の正体は何だろう？

頭を捻《ひね》っていたとき、「お寒くないですか」と、ティーポットを手にしたメイドが声を掛けてきた。

「湯上がりの身体にはちょうどいい風ですよ」

実を云えば少し冷えてきて戻る頃合いかなと思っていたのだが、ここは見栄《みえ》を張る。

「ほら、湯上がりに水を浴びた方が身体を鍛《きた》えられるでしょう、あれと同じです。ところであの小屋は何に使われているのですか？」

さりげなく尋ねると、

「あれは風の小部屋《ヒユツテ》といって」メイドは答える。

「海鳥を眺める場所です。亡くなった大栗博士がよく使われていました。日本では珍しいヒメクロウミツバメも見ることが出来るんですよ」

ヒメクロウミツバメといわれても、鳥博士ではないのでぴんとこない。とはいえ口ぶりから貴重さは充分に伝わってくる。

「四重奏団の方々もですか？」

「おそらく」とメイドは頷いた。「あの方たちがいらした頃からありましたし、ここに来られると覗《のぞ》いていかれますから」

となると、四重奏団の誰かなのだろうか。錬金術師風の格好は、例えばステージ衣裳《いしょう》だとか。

「もしかして、門外不出の四重奏団が演奏されるときは一風変わった服装を身に纏ったりするのですか」

「いいえ、スーツやドレスといった普通のコンサート衣裳ですが。それがなにか」

ごく当たり前の返答と共に、怪訝《けげん》そうに私を見返す。

「……不躾《ぶしつけ》かもしれませんが、この家には黒いローブに黒いマントに黒い頭巾のまるで中世の錬金術師のような人がいたりしますか？」

「それは」

とっさにメイドの顔色が変わる。不味《まず》いことを訊いたかもしれない。

「いいえ、深い意味はないんです。さっきその小部屋《ヒュッテ》に出入りするところを見たものですから。門外不出の四重奏団の方の趣味なのかなと思っただけで」

だがメイドの顔は余計に青ざめる。せっかくの美人が台無しになるくらい、細い眉《まゆ》を上げ顔を強《こわ》ばらせると、

「本当にご覧になったのですか。おっしゃる格好は、大栗博士が好んでよくされていました。四重奏団の方々はそんな格好は……」

「ちなみに、大栗博士は長身でしたか」

まさか幽霊ではないだろうが、念のため尋ねてみる。

「いいえ、背丈《せたけ》はあなたと同じで中背でした。でもどうしてそんな格好の人が……」

ティーポットの口から紅茶がつーと零《こぼ》れ落ちる。ずっと冷静だったメイドを、これだけ狼狽《うろた》えさせる

とは。

「メイドさん」私はすっくと立ち上がった。そして彼女の白く細い手を握ると、「風の小部屋《ヒュッテ》へ行ってみましょう。何かが起こっていると思われます」

先ほどの違和感の正体に私はようやく気づいた。黒頭巾の主は往路と復路で背の高さが明らかに変わっていた！

行きは長身だったが、帰りはやや縮んで中背だった。比較対象がない庭が背景だったので気づくのが遅れたのだ。

「そんな、大栗博士が……」

亡霊を見るかのように私を見る。しかし私は大栗博士ではない。自分と顔が似ているかどうかも知らない。せっかく助かったというのに、亡霊扱いなんてもってのほか。

館の裏口から抜け、黒ずくめの怪人物と同じルートで風の小部屋《ヒュッテ》へと向かう。足跡を期待してみたが、生育よく整った芝の上には何も残されていなかった。

メイドは無言のまま、従順にあとをついてくる。彼女にとっても黒ずくめの格好は不祥の象徴なのだろう。

テラスで見た時と違い小部屋《ヒュッテ》の扉は意外と高く、二メートルほどあった。となると、あの怪人物の（行きの）身長は一九〇センチくらいになる。

私はメイドをその場に残し慎重に扉を押し開けた。大きく息を吸い中へ入る。

明かりが灯っていないので薄暗い。正面に小窓が一つだけあり、そこからうっすらと夕闇が漏れ入っていた。

外観からの予想通り小屋の広さは四畳半ほど。壁と天井は灰色の板張り、下はコンクリートが剝き出しの土間になっている。

室内はがらんどうで、木製の丸椅子の他には左手の壁に二段の棚板が据え付けられているだけ。一段目には畳んだビニールシートが数枚置かれている。

天井には直管型の蛍光灯が二本、裸のまま設置されている。ただ、今は消灯している。

実際のサイズ以上に窮屈に感じるのは天井が低いせいだろう。手を上に伸ばすと掌《てのひら》までぴったりつく程度の高さしかない。

とりあえず照明器具があることが解ったので、戸口付近を見渡しスイッチを探す。すぐ近くにつまみを上下してオン・オフを切り替える昔ながらのスイッチが見つかったのでオンにする。

黄昏《たそがれ》に覆われていた世界が、一瞬で鮮明に立ち現れた。

「うわっ」

表に待たせているメイドの手前、何とか冷静さを保《たも》とうとしていたのだが、思わず声を上げてしまった。

案の定、「どうされました」とメイドが扉を開けて覗《のぞ》き込んでくる。次の瞬間、メイドも私以上の声を上げることになった。


なぜなら、灰色の壁面には鮮血が激しく飛び散っていたからだ。天井にまで届く勢いで、しかも入り口付近と奥の小窓の脇の二ヵ所にはっきりと。真下の土間には小さな血溜《ちだ》まりが出来ている。

「コレは以前から？」

「……そんなもの、今朝はありませんでした」

恐怖のあまり私の腕にすがりつきながら、彼女は何度も首を横に振る。元から色白だったが、いまは宝飾店のショーウインドウに飾られているマネキンのように真っ白になっている。

血溜まりからはぷんと生臭さと鉄分の臭《にお》いが漂ってくる。

「いったいなにが……」

そう口にするメイドの震えが、二の腕から伝わってきた。

「風の小部屋《ヒュッテ》はこの部屋だけですか」

「はい」

「物置とかも」

「ございません」

私はメイドに確認した。というのも小屋の中には、血痕《けっこん》の主となるべき存在が見あたらなかったからだ。

代わりに壁の下段の棚の下に光るものが眼に入る。摘まみ上げると、刃渡り三〇センチ足らずの湾曲したアラビア風の短刀だった。柄の部分も金属で出来ており、植物模様の細かい装飾が施されている。大きく迫《せ》り出した刃の部分には、べっとりと血《ち》糊《のり》がついている。

思わず放り投げそうになったが、ぐっと堪《こら》える。ミステリ作家たるもの、この程度で腰を抜かしているわけにはいかない。美人メイドの手前もある。

私は余裕の仕草で短刀を棚の上に載せると、再び身を屈《かが》めた。

短刀が落ちていた近くに、細長い短冊状の厚紙が同じく落ちていたからだ。白紙だったがそれは裏面で、裏返してみると、

〝風の精、シルフは消え去れ〟

と印刷されていた。

歌詞か何かのつもりだろうか。文言の頭にはハ音記号が添えられている。

「『ファウスト』か。厄介《やっかい》だな」

思わず呟く。

「ファウスト？」

メイドが疑問形で反唱するが、とりあえずスルーした。今はミステリ界隈《かいわい》と『ファウスト』の腐れ縁について講義している時間も余力もない。

「いえ、とにかく悪趣味なんです。メフィストフェレスのように」

そうひとまとめにして私は小窓へ向かった。

血痕も、凶器も、見立て風の短冊もある。しかし肝心の死体がない。そう、今この小部屋《ヒュッテ》に一番必要な存在が影も形もなくなっているのだ。

館へ戻った中背の怪人物が死体を抱《かか》えていたとは思えない。いくらぼんやりしていたとはいえ、さす

がに私でも気づく。

となると小窓から投げ捨てるしかないのだが……。

小窓には厚手のガラスが嵌《は》められているが、突上《つきあ》げ式になっていて外を覗き見できた。なので外へ遺棄《いき》するのは可能だが、胸の高さにある小窓は幅四〇センチ、高さ二〇センチ程度の大きさしかない。首だけならともかく、とうてい身体を通せるサイズではない。

つまみ状のロックを外し窓を上げる。外に九〇度上げるとそこで固定される仕組みのようだ。私は窓から外を覗いてみた。窓を開けたときからひときわ強くなった波の音が、４Ｄ映画を見ているときのようなサラウンドで伝わってくる。

風の小部屋《ヒュッテ》は岬の突端ギリギリに建てられていて、眼下は垂直に切り立った崖と、崖に打ち寄せ渦巻《うずま》く荒波だけ。高さは二〇メートル以上だろうか。学生の頃に訪れた東尋坊《とうじんぼう》を思い出す。ここに落としてしまえば、波濤《はとう》がすぐに攫《さら》っていくかもしれない。

波の合間に海鳥の啼き声が聞こえてくる。四方八方、時には頭のすぐ上からも。それがヒメクロウミツバメかどうかは私には解らないが。ともかく海鳥の観察にはもってこいなのは実感できた。

啼き声のブラウン運動で脳内に高周波の乱反射がおき、三半規管《さんはんきかん》が狂いそうになる。小窓から首を抜こうとしたとき、いきなり足許が滑り前のめりになる。同時にガクンと目の前の海がワンランク迫ってきたように感じた。

落ちる……

私は死を覚悟し思わず目を瞑《つぶ》った。

「君はバカだなぁ」

半笑いのメルの声が頭の片隅で谺響《こだま》する。

だが、転落特有の浮遊感は襲ってこなかった。恐る恐る目を開けると元の高さ。

「大丈夫ですか」

背後からメイドが心配げに尋ねかけてくる。私はゆっくりと小窓から首を抜くと、

「なんのことですか」

そうとぼけた。この小窓のサイズでは落ちようがない。確かにバカだ。

「いや、絶景ですね。小一時間でも眺めていたいくらいです。ハハハ」

何事もなかったかのように、ぽんぽんとガウンの埃《ほこり》を払う。とはいえ、綺麗に手入れされているためか、埃は出てこない。

「とにかく、館へ戻りましょうか」

これ以上、彼女をこの血腥《ちなまぐさ》い小屋に置いておくのはまずい気がした。ミステリ作家で殺人事件の現場に何度も遭遇している私と違い、彼女は一介のメイドに過ぎない。刺激が強すぎる。

「教えて下さい。いったい何が起こっているんですか」

知りたいのは私も同様だ。私は無理に笑顔を繕《つくろ》うと、怯《おび》えるメイドを促して小屋を出た。

死体はどこへ消えたのか。窓から捨てるのは不可能。かといって抱きかかえて持ち去ったわけでもない。

もしかすると犯罪など実際は起こってなくて、あの血は怪人物自身のものなのかもと考えてみたが、二ヵ所にわたる血飛沫《ちしぶき》や血溜まりの量から、それも難しそうだ。なにより帰り道も芝生の上を観察してみたが、芝の上に血痕は全く見つからなかった。

それにあの短冊の文言。ゲーテの『ファウスト』でメフィストフェレスが現れた際にファウストが四大精霊に対して呼びかけた有名な呪文《じゅもん》だが、気になるのはその数だ。

この館には門外不出の四重奏団が滞在している。四大精霊も四重奏団の人数も四。単なる偶然の符合だろうか。

「四重奏団の方々を呼び集めていただけないでしょうか」

館の裏口に着いたとき、私はメイドに頼んでみた。

「そうですね。みなさんにお知らせしなければ」

館の中に入ったことで少しは落ち着いたのだろう。メイドは顔色を取り戻し、急ぎ足で二階へと上っていく。

全ての窓にカラフルなステンドグラスが嵌め込まれ、バロック調の派手なマントルピースが中央で幅をきかせる応接室で身体を休めていると、やがて三人の中年男性が入り口に現れた。

最初に口を開いたのは茶髪で中背の人物だった。

「いったい、何があったんだい？」

銜《くわ》え煙草《たばこ》で尋ねかけてくる。丸顔で色白。瞳が碧《あお》いので、茶髪も地毛なのかもしれない。

「何が起こったんや」

次いで顔を覗かせたのは一九〇センチはあろうかという長身の男だった。肩幅も広く胸板も厚い。角張った顔の彫りも日本人にしては深い。それゆえべタな関西弁が奇妙に思えた。

「ていうか、あんたは？」

長身の男が私に気づき近づいてきた。唾が届きそうな厳しい口調で目を細め上から覗き込むように顔を近づけるので、思わず腰が引けてしまう。

「行き倒れ寸前のところを、先ほどメイドさんに助けていただいたんです」

「行き倒れやて？」

浮浪者と勘違いしたのか、細い目を更に細くして嘗《な》め回すようにじろじろ見る。

「いえ、ミステリ作家を生業《なりわい》としています」

名刺を出そうとして、カバンをテラスに置いてきたことに気づく。

「へえ、ミステリ作家なんや」

名乗ったことで猜疑《さいぎ》の眼差《まなざ》しが逆に強まったように感じられた。

「人殺しのことばっかり考えているんやな」

これでは名刺を持っていたとしても、意味はないのかもしれない。ちょくちょく直面する偏見だ。

「自分、ミステリ作家なんだ」

対照的に茶髪のほうは興味ありげに碧眼《へきがん》を輝かせて喰いついてきた。

「やっぱり、とっておきのネタは、嫌いな奴を殺すときのために残しておくの？」

返答に困っていると、「まあまあ」と、ちょい悪ではないタイプのイタリア人ぽい男が甲高い声で割って入った。

背丈は茶髪男と同じくらい。黒々としたショートアフロで、なすびのような輪郭《りんかく》からもみあげが頬まで伸びている。

「私は山田山羊《やまだゴート》といいます」

毛深い腕で握手を求められる。

「申し遅れました、美袋三条《みなぎさんじょう》です」

山田ゴートが自己紹介をしたのを契機に、あとの二人も名乗り始める。

茶髪は内田内裏《うちだパレス》といい、長身の方は鈴木鈴々《すずきベルリン》という名らしい。

たしかに内田パレスのほうは宮殿に住んでいるような気品があるし、鈴木ベルリンのほうもドイツっぽい武骨さがある。では山田ゴートはヤギっぽいかというと……むしろマリモのような頭部はヒツジっぽい。さながら山田マトン。

「みなさん門外不出の四重奏団の方々ですよね」

「ああ、もうご存じなんですね。私はチェロを担当してます」

折衝役のように、まず山田ゴートが答える。普段は地銀の行員をしているらしい。チェロ弾きのゴートと覚えよう。

「僕は第一ヴァイオリン。たまにベルリンと交代して第二ヴァイオリンも受け持つけどね」

細長い綺麗な指で、今も音楽に携《たずさ》わっているという内田パレスが握手を求めてくる。鈴木が次いで自分が第二ヴァイオリンだと説明した。彼は大阪でブリーダー業を営んでいるらしい。みながするから仕方なくといった感じで、同様に握手を求めてくる。同じく長い指だがこちらは関節が太く盛り上がっている。

しかし長軀《ちょうく》から見下ろされると、威圧感が半端《はんぱ》ない。ふと最初に小屋に入った黒ずくめは、この鈴木ベルリンではないかと思った。身長がだいたい同じくらいだ。

とはいえどうやって脱出できたのか。彼の足許は靴下にスリッパなので、身長が上げ底というわけではない。

「失礼ですが、みなさんハーフなのですか？」

「さあ、よく訊かれるけどね。名前もこれだし」

内田が肩を竦める。次いで鈴木が、

「俺たちみんな捨て子やったから。親のことは知らないんや」

「すみません。軽率な質問をして」

私は即座に謝った。

「気にしないで下さい。その代わり私たちにはとびきり素晴らしい養父《ちち》がいましたから」

微笑んだあと、山田は遠い目をした。大栗博士のことを思い出しているのだろうか。

「……でもどうして苗字《みょうじ》が異なるんです？」

「養父《ちち》の希望で、引き取られる前の名前をそのまま使っているんだよ。戸籍上は大栗なんだけど」

穏《おだ》やかな口調で内田パレスが説明した。

「大栗という名は目立つからな。大栗会の連中はいろいろきな臭いし、養父《おとん》も近づけようとしなかったから。今さら大栗を名乗る気もあらへんけどな。鈴木の方が気楽でええわ」

鈴木が大きく伸びをする。絢爛《けんらん》なシャンデリアがぶら下がる丸天井は普通よりはるかに高い位置にあるが、彼なら手が届いてしまうんじゃないかと錯覚《さっかく》してしまう。

「それで門外不出の四重奏団の残る一人は？」

最後の一人は小野《おの》小夜《セレナーデ》という女性らしい。

四人は三十五年前、二～四歳で大栗博士に引き取られたので、最年長の内田と小野が三十九、最年少の山田で三十七歳とのこと。小野以外は年相応にみな家庭を持っているらしい。

「少し前に露天風呂に入ると云ってたような気が」

山田が首を捻ったとき、タイミング良くメイドが現れた。

「小野様がお部屋にいらっしゃいません。いくらお呼びしても反応がないので、中を窺ったら蛻《もぬけ》の殻《から》で」

「それなら」と私が割って入る。「温泉をいただいていたとき、隣の女湯に誰か入っていたようでしたが、もしかすると」

「長風呂かあ。まあ、セレナーデは昔からスパが大好きだったからね。一度入れば一時間は固い」

「見て参ります」

メイドが慌ただしく下がっていく。

「そやそや。鳴子《なるこ》温泉に行ったときは、俺たち三人ずっと外で待たされてて、道端の巨大なコケシの群れを眺めてるだけ。あれ、湯冷めして大変やったな」

感慨深げに鈴木ベルリンが腕組みする。

「でも、ゴートは意外と寒さに強かったよね」

「これでも腹筋と腕立て伏せをしてたんですよ。昔は」

「ここに住まわれていたときも、外出はされていたんですね」

昔話に割って入ると、内田パレスが苦笑しながら、

「〝門外不出〟という言葉が一人歩きした感はあるね。学校に通わず家庭教師だったけど、旅行にはよく連れていってもらってたよ」

「音楽だけでなく優秀な家庭教師をつけてもらったから、いまも苦労なく暮らせているんですよ。セレナーデは今や料理の先生で、レシピ本を何冊も出してます」

「ところで」

少しうち解けてきたところで、私は井戸端《いどばた》会議を遮《さえぎ》った。

「先ほど風の小部屋《ヒュッテ》に行かれた方はいませんか？」

「いや。ぜんぜん」

「今日は行ってないなあ」

「私はずっと部屋に」

さすが兄弟。同じタイミングでみな一様に否定する。

「何かあったのかい？　先ほどのメイドの慌てぶりといい、どこか訝《いぶか》しいけど」

色素の薄い眼で内田が私を見つめる。表情は読み取れない。

「いいえ、実は不審な人影を見たので」

「自分以外の？」

鈴木が上から睨みつける。その眼は再び猜疑の色が濃くなっていた。

「この屋敷にはあなた方四人と、メイドしかいないんですよね」

「君を除けばね」

茶髪の内田のトーンも強ばる。

四引く三は――。となると、あの血痕は小野セレナーデのものなのだろうか。

持って回った質問をする度に、私の立場が危うくなる気がする。仕方なく「実は……」と、率直に事情を説明しようとした。そのとき血相を変えたメイドが飛びこんできた。

初対面ではクール・ビューティだったはずだが、この一時間でいったい何度青ざめたことだろう。しかも今までで最上級の乱れっぷりだ。固く結ってあったシニヨンが見事に解《ほつ》れているうえ、キャップがなくなっている。

「小野様が、セレナーデ様が露天風呂で……」

狼狽《ろうばい》ぶりで察したのだろう。「そら、大変や！」と、真っ先に反応したのは鈴木ベルリンだった。運動神経が優れているのだろう。バネ細工のように素早く向きを変えると、廊下に駆《か》けだした。

次いで慌てて煙草を灰皿で揉み消した内田パレスが追いかけていく。「おいおい、二人とも待ってくれ」と右手を伸ばして中腰で叫ぶ山田ゴートが最後だった。

私は怯えるメイドをなんとか立たせると、一緒に離れにある露天風呂へと連れていった。当然メイドは厭《いや》がるが、彼女を独り残しておく訳にはいかない。かといって介抱のため一緒に応接室に留《とど》まるのも躊躇《ためら》われた。好奇心もあるが、第三者として状況を客観的に見届けなければならない気がしたのだ。

渡り廊下の途中に落ちていたキャップを拾ったあと脱衣場にメイドを残し浴場へ入る。浴場では内田が「セレナーデ！」と叫んで湯船に飛び込もうとするのを、背後から鈴木が必死で留めていた。山田は呆然《ぼうぜん》とその脇で立ち尽くしている。

湯煙の中、彼らの視線の先には一人の女性が、顔だけ仰向けにして湯船に凭れて息絶えていた。

もし首に左右二ヵ所の切り傷がなく、白濁した湯が血でピンク色に染まっていなければ、温泉に浸かりながらぼんやり空を見上げているだけと映ったかもしれない。

「放せ、ベルリン！」

「いや、パレス。残念やけど、セレナーデはもうあかん。それに現場はそのままにしといた方がええやろ」

口惜《くちお》しそうに説得する鈴木。彼のほうがいくぶん冷静で、ミステリ作家をバカにしていた割に、こういうときの対処には詳しいようだ。

「ゴートさん、警察を」

私がそう訴えると、我に返った山田が館へと戻っていく。頼りなさそうだが、メイドと違い独りで行かせても大丈夫だろう。

「君が殺したのか！　君がセレナーデを」

私の指示に反応して、内田が睨みつけてくる。

「違います。それならとっくにここから逃げ出してます」

筋骨隆々の鈴木がずっと内田を押さえてくれることを願いながら、湯船の縁を伝い死体の近くまで移動した。後ろに伸び広がった長い黒髪を踏まないように気をつける。

大きく黒い瞳に長い睫《まつげ》、肉厚の唇、高く通った鼻筋。今にもフラメンコを踊り出しそうな地中海風の派手な顔立ちだ。

やはり何らかの意図を持って、大栗博士はハーフ、あるいはハーフっぽく見える孤児ばかりを引き取ったように思える。

首の両側には切り傷がぱっくり口を開いている。痛々しさに思わず顔を背けたくなる。致命傷なのは明らかで、脈を取るまでもなかった。

やはり風の小部屋《ヒュッテ》で殺されたのはこの女性だったのだろうか。二ヵ所の傷跡も血痕と一致する。しかしどうやって犯人は温泉まで運んだのだろう。

突然吹いた海からの風が、彼女の長髪を巻き上げ私の脛《すね》を撫でる。驚き後退《あとずさ》ったとき、洗い場の洗面台の上に短冊が置かれているのに気がついた。小部屋《ヒュッテ》にあったものと同じだが、今度は表向きになっていた。そのためわざわざ拾わずとも文言が読める。

短冊には八音記号のあとに、〝水の精、ウンディーネはうねれ〟と記されていた。

## 2

事件から一夜明けた昼下がり。

来客は当然キャンセル。がらんとした大栗邸に私は相変わらず拘束されていた。

山田ゴートの通報で警察が来て事情聴取を受けたのだが、残念ながら善意の第三者だと認識してくれなかったようだ。それどころか一番疑われている始末。

小野セレナーデが殺されたのは、メイドが発見する一時間以内。つまり夕方の四時から五時の間。私が温泉に入ったのが四時で、数分後に女湯から人の気配がしたので、それが小野なのはおそらく間違いないだろう。

事情聴取の際、私は風の小部屋《ヒユッテ》の件を警察に話した。ずっと話しそびれていたので、刑事だけでなく内田たち三人も驚いていた。特に怪人物の格好に反応していたようだ。黒いローブに黒いマント、黒い頭巾の錬金術師のような格好は、かつて大栗博士が好んで纏っていたと彼らも証言した。もちろん今は誰もそんな格好などしないとつけ加えるのを忘れずに。

警察は当初、凶器と新たな事件現場の出現に色めき立っていた。これで嫌疑も薄まったかと私もひと安心だったのだが。

ところが一夜明けてみると、話はすんなりいかなくなってきた。なぜなら風の小部屋《ヒユッテ》に飛び散っていた血痕は小野セレナーデのものではなかったからだ。小屋の壁板の二ヵ所の血痕のDNAは同一のものだが、肝心の小野セレナーデとは似ても似つかなかったらしい。そもそも血痕は男性のものだった。

つまり事件は二つ起こっており、もう一人被害者が存在する可能性が高まってきたのだ。なおややこしいことに、小部屋《ヒユッテ》に落ちていたアラビア風の短刀に残されていた血糊は小野セレナーデの血液のみで、壁板の鮮血は全く検出されなかった。つまり凶器はもう一つ存在するらしいのだ。

これで浴場に小部屋《ヒユッテ》の血痕と一致する短刀が残されていれば、不可解ながらもシンメトリーが美しく収まるのだが、浴場や脱衣場からは凶器どころか被害者の衣服以外の遺留品は、ウンディーネの短冊を除いてなにも発見されなかった。

もちろん小部屋《ヒユッテ》の窓から一切合切が投下された可能性は多分にあるが、波は依然高く崖下を捜索できる状況ではない。

「ブラとケットは仲良しこよし。ブラとケットでブラケット♪」

山陰の夕暮れは早い。三時を過ぎ早くも陽光が弱まりかけたころ、タキシードにシルクハットというつものいでたちでメルカトル鮎《あゆ》が姿を見せた。珍妙な鼻唄《はなうた》とともに……。

昨晩に館の電話を借り状況を伝えておいたのだが、その時は自分の容疑は晴れたと思っていたので、面白そうな館と事件があるからと他人事《ひとごと》のように誘っただけだった。

ところが一転、DNA鑑定が終わった昼過ぎから雲行きが怪しくなってきた。被害者がもう一人いるということは、屋敷の関係者だけで話が完結しないからだ。まさに青天《せいてん》の霹靂《へきれき》。

ともかく藁《わら》にも、いやメルにも縋《すが》るとはこのことだ。

「僕は、いまでも君が仕組んだんじゃないかと疑っているよ。そもそも君づてで頼まれた取材だったんだし」

「まさか」メルカトルは人差し指でシルクハットをくるくる回すと、「いくら私の頭脳をもってしても、君が素手で凶器を摑むなんて予想できるわけがない」

そうなのだ。小部屋《ヒュッテ》に残されていた短刀の柄に私の指紋が残っていたことが問題視され、私への疑惑はトップレベルに昇格してしまったのだ。ブックメーカーのオッズはもう一・五を切っているかもしれない。

「バカなことをしたと思ってるよ。美人を前に浮かれていたんだな。で、どうなんだい。君のことだから僕の無実なんて簡単に証明できるだろう」

「短兵急《たんぺいきゅう》かつ横柄《おうへい》な態度だな」

メルカトルはやれやれといった笑みを浮かべながら、

「たしかに、君を信頼して雑用を頼んだのは私のミステイクだ。最低限のケアはしなければね」

相変わらず厭味な男だ。関係ないがメルカトルはどこかロシア人ぽい。タキシード姿といい、このハーフめいた四重奏団に加わっても違和感がないかも。ふとそう思った。

「とりあえず、この音色の主に会ってみようか」

先ほどからヴァイオリンの音が二階から洩れ聞こえてくる。昨日と違い時折りチェロが入ってくる。ヴァイオリンとチェロの二重奏。

音色を辿って二階の洋間を覗くと、赤々と燃えるマントルピースの前に楽器を手にした二人の男がいた。茶髪の内田パレスとショートアフロの山田ゴートだ。

「事件後も練習ですか？」

「二人でセレナーデを悼《いた》んでいたんだよ」

内田が説明する。

「ピアニストがいれば三重奏になるんだが。残念ながら僕もベルリンもピアノは弾けなくてね」

「チャイコフスキー以来、ロシアでは追悼にピアノ三重奏曲を作曲する伝統があるんですよ。だからピアノ三重奏曲には追悼曲の名曲が沢山ある」

山田が暗い顔つきで補足した。二人とも口許に無《ぶ》精髭《しょうひげ》が浮かんでいる。

「私もピアノはさっぱりです。お手伝いできればよかったのですが」

肩を竦めながらもメルの視線は周囲に散っている。

「なるほど……しかし警察は何も調べていないんだな。無能にもほどがある」

メルは呆《あき》れたように声を上げると、マントルピースの上にあるマイセンの置時計に手を掛ける。二体の天使がまとわりつく時計の下には、一枚の短冊が裏向きに挟まれていた。同じようにハ音記号とともに活字で〝火の精、サラマンダーは燃えよ〟と記されている。

「これは以前からありましたか？」

表情を変えずに尋ねるメルとは対照的に、内田は強ばった顔つきで、

「いや、覚えはないな。あっても気づかなかったかもしれないが」

「ここでいつも練習を?」

「本番はテラスだけど、昔から練習や気晴らしにここで弾くことは多いね、みんな。眺めがいいし、冬は暖炉《だんろ》もあるし」

隣の山田も神妙に頷いている。開放的な洋間のフランス窓の向こうはベランダになっていて、その先は日本海が広がっていた。太平洋と違い日本海は昼もどこか寂《さび》しげだ。

「しかし……なぜこんなものが」

新たな短冊の出現による困惑を顔に焼きつけたまま、二人は逃げるように洋間から出ていく。

「また手品を使ったのか?」

「私が? まさか。これは現場に残されていたのと同じ短冊だろう。いくら私でも一夜で誂《あつら》えるのは無理だよ」

メルカトルは短冊を無造作にポケットに入れると、

「不思議なものだね。風の小部屋《ヒュッテ》では、短冊があり犯罪の形跡は残っているが肝心の死体はない。露天風呂では死体と短冊はあったが凶器はなく、そしてここでは短冊はあるが犯罪の形跡すら見られない」

「てんでバラバラだな」

「そのうちコボルトの紙が、土の中から現れるかもしれないな」

冗談めかしてメルは口にしたが、次の瞬間、彼の目はマントルピースの上の油絵に釘付けになっていた。

「いや……犯罪の形跡は残っていた。ここに」

ゴーレムのごとく堅牢なマントルピースの上には、アダムとイヴの楽園追放を題材にしたマニエリスム風の宗教画が飾られている。イヴの左の膝頭、ちょうど私の目の高さの辺りに、ペンを突き刺したような数ミリの小さな孔《あな》が開いていた。

「これにどういう意味が?」

メルは答えることなく今度はフランス窓を開けベランダへと出る。

しばらく壁の陰に消えていたが、やがて顔を覗かせ私を手招きする。穏やかさの中に規則的に押し寄せる波濤の音を耳にしながら私がベランダへ出ると、メルはすぐ脇の壁面を示した。目の高さほどの位置に直径五〜六センチの孔が穿《うが》たれている。孔は円錐状《えんすい》に奥へ行くほど狭まり、直径が半分ほどになって壁を貫通している。

目の前の踏み台をどかして孔を覗いてみると、先ほどのイヴの膝頭がよく見える。

「外からパテで塞《ふさ》いであったが、簡単に外れるように細工されている」

メルの掌には白いパテの塊が載せられていた。

「二階の廊下にクロスボウが飾られていたのに気づいたかい。クロスボウを使ってここから狙えば練習中のメンバーを射貫《いぬ》いて、マントルピースに釘付けにできるかも。まさに〝サラマンダーは燃えよ〟だ。このベランダは廊下からも出入りできるし、状況によっては密室殺人になっていたかもしれない」

「それで予《あらかじ》め、短冊を準備しておいたのか。じゃああの絵に開いた孔は」

「予行練習したんだろう。ここは彼らが練習に使っていたようだし」

上手《うま》く云ったつもりなのだろうか。したり顔である。

「暖炉で火の精《サラマンダー》か。てっきり家の一つでも燃やすのかと」

「なんだ、がっかりしたのかい」

メルカトルが皮肉めいた笑みを浮かべた。

「いや、そういうわけではないけど。それじゃあ、あの二人にサラマンダーの短冊のことを教えたのはまずかったんじゃないのか」

「なに、この私が来たんだ。どのみちもう犯罪は起こらないさ」

＊

次いでメルカトルはメイドと話したいと主張した。その道すがら、

「どうしてハ音記号なんだろう。音楽や歌を表すのなら、八分音符かト音記号が普通だろ。マイナーなハ音記号なんて」

私が疑問を投げかけると、

「弦楽四重奏曲の楽譜ではハ音記号はヴィオラ・パートで使われるね」

「犯人がヴィオラ奏者だと？　でも、ヴィオラはたしか殺された小野《ぬ》セレナーデのはずだ」

ヴィオラに濡れ衣《ぎぬ》を着せるつもりだとしたら、真っ先に殺しては意味がない。

「もちろん承知しているさ。私を誰だと思っているんだい」

うまくはぐらかされたのだろうか。結局、明確な回答を得られないまま、私たちはメイドに会った。

メイドは事件後、警察が到着したころにはいったん落ち着きを取り戻しつつあるように思えた。しかしその後眠れなかったのか、朝に会ったときは前日以上にひどく痩《こ》けていた。その状態は半日経った今も継続中で、むしろいっそう困憊《こんぱい》しているように見える。館のことのみならず、セレナーデの葬儀の手配など一手に取り仕切っているせいもあるだろう。このまま心身が保《も》つか心配になる。

「大栗博士の墓所はどこだい？」

相手を気づかうことなく、単刀直入にメルはメイドに尋ねる。

「博士の墓所？」

私が首を捻ると、

「来る間に少し下調べをしてね、博士がこの館の地下に眠っているのは知っているんだ」

「……承知しました」

理由を尋ねることもなくメイドは小声で頷き、素

直に鍵《かぎ》を取りに行こうとする。どこか諦《あきら》めがちな態度。その後ろ姿にメルは呼び止める。

「ところでセレナーデさんは他の兄弟と交際していたりは？」

廊下の途中で立ち止まったメイドは、「いえ、」と一瞬間をおいて否定した。その仕草ひとつひとつが力ない。「血は繋がっていなくても、ご兄弟ですし。それに……」

「それに？」

「小野様は男嫌いを公言してはばかりませんでしたから。昨日も女性の方と同棲《どうせい》していらっしゃると伺いました」

メイドが地下墓所の鍵を取りに行った隙に、

「セレナーデが兄弟とデキていた証拠でも見つけたのか？」

声を潜《ひそ》めて尋ねかけると、

「現場の状況からして、湯船で彼女は犯人に背中を向けていたことになる。まるっきり油断していたわけだ。もし女湯に恋人でもない男が入ってきたら、たとえ義兄弟でも警戒や抵抗の痕《あと》があっていいはずだ」

「じゃあ、犯人は女性だと云うのか。あのメイドが？　まさか！」

彼女は命の恩人だ。にわかには信じがたいが、この屋敷に女性は一人しかいない。

「現状、メイドかもしれないな」曖昧《あいまい》にメルは答えるのみ。

「……でも彼女では背が低すぎる。小部屋《ヒュッテ》から戻ってきたほうの黒頭巾も、僕くらいの身長があったはずだ。それにあの時メイドが僕の目の前に現れたのは怪人物が館の陰に消えた直後で、さすがに時間的に無理がある」

「誰も君の発掘したての銅鏡よりも曇った意見は求めてないよ」

「しかし目撃したのは僕で……」

まるで命の恩人だから庇《かば》っていると云わんばかり

の口調に強く反論しようとしたとき、大きくも古めかしい鍵を手にメイドが戻ってきた。私たちの話が聞こえていたのかどうか判らない。彼女は表情を変えることなく私たちを先導し、廊下の脇にある物置部屋のような簡素な扉を開ける。奥には薄暗い階段が地下へと延びていた。ケルベロスが番をしてそうな冥府《めいふ》の暗闇《くらやみ》から、黴臭《かびくさ》い臭いが鼻孔《びこう》を突いてくる。

冷え切った階段は二度折れ、一階と半分ほどの高さを下ったとき再び扉が現れる。階上の質素《しっそ》なものとは違い、ロダンの地獄の門を思わせる宗教的呪術《じゅじゅつ》的なオブジェ塗《まみ》れの豪奢《ごうしゃ》な扉だった。

扉の奥は八畳ほどの玄室《げんしつ》になっていた。広くはないが、天井が高いため窮屈さは感じられない。イオニア式のオーダーが並んだ大理石の壁には、神話に出てきそうな絵物語のレリーフが一面に刻まれており、それが間接光によって陰影濃く浮かび上がっている。

「博士は暗い部屋がお嫌いでしたので、照明は常時点けております」

きちんと換気がなされているのか、地階にもかかわらず湿気《しっけ》が感じられない。開館前の美術館のようなひたすら静謐《せいひつ》な空間だった。

玄室の中央には縦長の六角形の木棺が据えられていた。蓋《ふた》には十字架の代わりに、神獣のレリーフが彫られている。

メルカトルと顔を見合わせ、無言のまま二人で蓋を開ける。メイドは静かに眺めているだけで抗議しない。

中にはミイラ状の大栗博士の遺体が安置されていた。瞬時に死の臭いが部屋中に拡散し、すぐにでも逃げ出したくなる。

大栗博士は私が目撃したのと同じローブとマント、頭巾姿だった。二年経って、遺体同様に衣装も朽《く》ち始めていたが。顔つきも応接室に飾ってある肖像画の面影《おもかげ》が残っている。

ともかく遺体に異常は見られない。

「コボルトはここではなかったか」

当てが外れた口ぶりだが、その割には落胆しているふうでもない。不思議に思っていると、

「これを見たまえ」とメルは棺《ひつぎ》の蓋を示す。

〝父よ　われも人の子なり〟

同じ文が二ヵ所、棺の蓋の両サイドに刻まれていた。楔形《くさびがた》文字と見紛《みまが》うくらいにかろうじて読めるほどの雑な仕上げで、素人《しろうと》が彫刻刀で彫ったものと解る。削られた部分がまだ色褪《いろあ》せていなかったので、わりと最近のようだ。

「大栗博士に子供は？」

メルカトルがふり返り尋ねると、

「血の繋がった子供はいらっしゃいません。子供はあの四方だけのはずです」

一連の行為を無表情で見つめていただけだったメイドが、真っ青な顔で首を横に振った。珍しく発露された感情。しかし徐々に自信がなくなっていったように聞こえるのは、十年前に雇われた身では、限界があるからか。それとも他に理由があるのか。

「それでは〝父よ　われも人の子なり〟という言葉に聞き覚えはありますか？」

メイドは再び首を振るだけだ。メルもあっさりしていて、それ以上は尋ねない。

陰々滅々とした玄室の扉が閉じられたとき、死臭を落とすかのように服を払いながらメルが呟いた。

「いい見世物だった。しかし、そろそろホムンクルスが登場する頃合いだな」

「ホムンクルス？」

「そう、ファウストといえばホムンクルスだろ」

*

サラマンダーの短冊に地下の棺の謎めいた文言。いろいろ起こった気がするが、メルカトルが到着してからまだ一時間と経っていない。日が暮れ始めて

さえいないのだ。手際がいいのか、銘探偵特有の幸運を招き寄せるのか。とはいえ事件はますます混迷を深めるばかりだ。その上、ホムンクルスとは……。

だが意外なことに応接室に戻ったメルは、謎解きを始めるから今すぐ関係者を呼ぶようメイドに伝えたのだ。まるで行きつけの喫茶店でいつものコーヒーを頼むような軽い口調で。さすがの私も唖然《あぜん》としていると、

「君はこの事件に大長篇を期待しているようだが、残念ながら私は長篇には向かない探偵なんだよ」

そしてぞろぞろと集まった門外不出の四重奏団や苦虫を嚙み潰した刑事たちの前で、ゴールド免許相手の講習会なみの簡潔さで推理を披露し始める。

まずメルカトルは、この一時間に得た情報を整理し説明したあと、

「少なくとも、昨日今日にこの場に登場したこの美袋君には無理な芸当です。もっとも頭脳的にも無理なのは最初から明らかなことですが」

余計な一齣《ひとこま》を捻《ね》じ込む。そしてマントルピースに置かれている煌《きらび》やかな宝石がちりばめられたコプトの杯をしげしげと眺めながら、

「まず、美袋君が目撃した風の小部屋《ヒュッテ》の件から説明しましょうか。黒ずくめの怪人物が小屋へ行き、やがて引き返してきた。その際に身長が変化していたことから、美袋君が訝しんだわけですが。まあ、珍しく彼の観察は正しかったようです。件《くだん》の怪人物は行きと帰りで別人だったと考えられます。おそらく犯人は小部屋《ヒュッテ》にいた人物を殺害しようと忍び込んだが、逆に反撃され殺されたのです」

多くの者が息を吞むが、ここまでは想定内だ。私ももしやと考えていた。問題はその死体が消えたことなのだが。

「犯人は温泉で小野セレナーデさんを襲撃し、殺害。返す刀で風の小部屋《ヒュッテ》にいた人物――犯人Bとしておきましょうか――も殺そうとした。それゆえ短

刀にはセレナーデさんの血糊がついていたわけです。小部屋《ヒュッテ》の短刀と短冊は、犯人と犯人Bが争った際に落とした物です。犯人が故意に短冊を残したのならせめて表向きにしておくでしょうから」

「じゃあ、小屋の鮮血は犯人のもので、セレナーデを殺した奴は既に死んでいると云うのかい」

応接室に入ってきた時からむっとした表情で煙草をふかしていた内田パレスが、感情を押し殺しながら尋ねる。

「テラスに美袋君がいたため、犯人は扮装《ふんそう》して風の小部屋《ヒュッテ》に入らなければならなかった。それは反撃した犯人Bも同様で、小屋から出ようとしたときに美袋君の存在に気づき、犯人の服を拝借してやり過ごしたのです」

「それで犯人の死体はどうなったんや？　小部屋《ヒュッテ》の中には何もなかったんやろ」

私が一番知りたいことを、代わりに鈴木ベルリンが口にする。ミステリ作家に対するのと同様、彼は探偵という存在にも懐疑《かいぎ》的なのだろう。口調も横柄だ。

「解体して小窓から投げ捨てるには時間が足りないし、そもそも土間自体は小さな血溜まり以外はむしろ綺麗でした。かといって美袋君がメイドと小屋へ向かうために目を離したほんの一分程度のあいだに、手負いの犯人が逃げ出したとも考えにくい。芝生に血痕は落ちてなかったですしね」

衆目が集まりみなが固唾《かたず》を呑んだところで、メルははぐらかすようにくすと笑うと、

「その答えはあとにして、今はセレナーデさん殺しに移りましょう。現場には彼女が抵抗した痕が見られませんでした」

先ほど私にした推理をメルカトルが開陳すると、

「じゃあ、自分が犯人なんか？」

鈴木ベルリンがいかつい顔つきでメイドを睨みつける。だがメイドは反論一つせず、顔を伏せたまま押し黙っている。

「昨日メイドは露天風呂で、隣にセレナーデさんがいる状況で、美袋君に〝お客様〟と呼びかけました。おそらくその声はセレナーデさんにも聞こえていたことでしょう。それで彼女は犯人が入ってきても驚かなかった。一日早く訪れた客だとでも思ったんでしょうね」

「でもここには他に女なんておらへんで。それに小部屋《ヒュッテ》に残っていた血は男のものという話やったはずやが」

苛立った鈴木が詰問《きつもん》すると、

「別に女である必要はありません。一般的に女湯に入れる人間を考えれば答えは自《おの》ずと出てきます。犯人は子供です。小学生程度の。子供なら女湯に入っても問題ないし、解体することなく小部屋《ヒュッテ》の小窓から投げ捨てられる」

「待ってくれ！　それじゃあ、あの長身の怪人物は？」

一九〇センチの子供なんかいないだろうし、万が一存在したとしても今度は小窓から捨てられない。仮に竹馬に乗って誤魔化したとしたら、もっとぎこちない歩き方になるはずだ。あの黒頭巾の足どりはゆっくりだが、自然な歩き方だった。

メルはコホンと咳払《せきばら》いをしたあと私を向くと、

「小野セレナーデの首には傷が二ヵ所あった。そして大栗博士が眠る棺の蓋には〝父よ　われも人の子なり〟の文言が二つ刻まれていた。短冊に記されていた八音記号は、Cを縦に二つ並べて図案化したもの。また風の小部屋《ヒュッテ》に残されていた凶器からはセレナーデさんの血しか検出されなかった。つまりもう一つ凶器が存在することになる。二本の短刀があの小屋に持ち込まれ、一本が反撃に使われた。そして血飛沫も二筋。二、二、二。つまり子供は二人いるんだよ。黒ずくめの巨人は子供が肩車をして君の目を誤魔化したんだ」

「でも……小部屋《ヒュッテ》に残された血は一人のものだけだったはずだ」

「一卵性双生児ならDNAは同じだ。犯人は大栗博士の息子、それも一卵性双生児だったということだね」

「そんな話、聞いたことがない。養父《ちち》の実の子供なんて」

叫んだのは内田パレス。意外な着地点に戸惑っているようだ。

「あなたたちがここから独立して十年。入れ替わるようにメイドと双児が住むようになったとしたら」

「そんなあほな。養父《おとん》に隠し子やて。じゃあ、母親《おかん》は誰やねん」

「それは大栗家のプライヴェートな事情ですから勝手に追及して下さい。いま私が述べなければならないのは双児を殺した犯人Bは誰かということです」

「たしかに」と所轄の刑事が頷く。メルの突拍子もない推理に対して苦虫を嚙み潰した表情を維持しているあたり、実は有能なのかもしれない。

「まず、中背ということから長身の鈴木ベルリンさんは外れます。となると、内田パレスさんか山田ゴートさんのいずれかですが……ここで先ほど述べた洋間のサラマンダーの件を思い出して下さい。サラマンダーの短冊と矢の痕から、双児は洋間で誰かを殺す計画を立てていたのは間違いありません。そしてあの部屋でクロスボウで狙われていたのは、内田パレスさんに他なりません。長身の鈴木ベルリンさんでは、矢がヴァイオリンに当たるリスクが高いですし、運良く体に当たっても、一射で命を奪えるかは疑問です。射角を考えれば、二の矢を放つのは無理筋でしょう」

「でもゴートさんも同じくらいの背格好なんじゃや？」

私が尋ねる。正確には私だけが尋ねたと云うべきか。

「彼はチェリストだよ。演奏時は椅子に座っている。だから高さが全く合わない。洋間で何を見ていたんだ、君は」

メルは私を嘲笑《あざわら》ったあと、再び全員に向き直り、

「サラマンダーが内田パレスさんに向けたものだとすると、シルフの対象は別の人間になります。残る山田ゴートさん、あなたが双児を殺した犯人ですね」

アフロがよれた山田の目は血走りかっと見開かれていたが、口はずっと閉じたままだった。

「右腕の袖《そで》に切れ目が付いているのは小部屋《ヒュッテ》で争ったときに切れたものですか」

思わず山田は腕を押さえ、愕然《がくぜん》とする。もちろん一夜明けて服は着替えているはずなので、切れているわけはない。

「ゴート……なんで云ってくれへんかったんや」

鈴木ベルリンが哀《あわ》れみの目で彼を見下ろす。内田パレスは二本目の煙草に火をつけ、じっと彼を見つめていた。

「セレナーデの仇《あだ》を討ったことは感謝するが……」

刑事たちが脇に迫ると、山田は甲高い声で、

「私は私は……まだ野望があったのに。こんな所で終わる人間では」

両手で顔を覆う。同時に望楼の鐘がけたたましく鳴り響いた。もしかして山田はこの件に便乗して、新たな犯罪を企図していたのだろうか。

「昨日の夜、ゴート様から話を伺いました。そして自分に従うように脅迫されて……」

隣でメイドが泣き崩れている。

「かわいそうなカストールとポルックス」

＊

「あの館のホムンクルスは双児だったのか」

帰りのタクシーの中で私が尋ねた。山陰の海が広がるのと歩調を合わせるように、背後の大栗屋敷が遠ざかり小さくなっていく。やがて中央に聳える望楼が最後に消えたとき、この事件が本当に起きたことだったのか、私には自信がなくなってきた。まる

で胡蝶《こちょう》の夢。

「そういうことだな。屋敷内をくまなく探せば双児が過ごしていた隠し部屋も見つかることだろう。〝父よ　われも人の子なり〟という恨みがましい言葉からして、なにかしらの人体実験が行われていたのだろう」

「なんだか曖昧だな。その〝なにかしら〟が気にならないのか？」

私は口を尖《とが》らせた。凄《すご》く消化不良だ。なぜ『ファウスト』に見立てたのか、大栗博士は何を実験していたのか、背景も何も投げっぱなし。

「云っただろ。最低限のケアはすると。もちろん現時点でマクローリン展開をして近似解を求めることも可能だが、これ以上タダ働きをする気はない。まあ君が、全貌《ぜんぼう》を明らかにするために私を雇うというのなら、考えなくもないが」

いつの間にかくすねたコプトの杯を愛《め》でながら、メルが私を見る。

「いや」と、私は即座に断った。昔、依頼しようとしたとき、百万単位でふっかけられたことを思い出したからだ。特に私だからぼった値段ではないのだが、逆に云うとびた一文も負けてくれなかった。

「そのうちどこかの海岸に双児の死体が漂着して、それをメイドが供養《くよう》するだろう。博士の棺の両脇にでも並べればいいんじゃないか」

やはりメイドが母親だったんだろうな……出逢《であ》ってまだ二十四時間だったが、まるで古くからの友人の裏の顔を垣間《かいま》見てしまったような寂しさを覚える。それくらい、いろいろあった。

「ところで、昨日の電話は何だったんだ」

昨晩連絡したときは、事件でそれどころではなく聞き忘れていた。ある意味全ての元凶となった電話だ。家に帰ったらスマホを買い換えなければいけない。手痛い出費だ。バックアップはとっていただろうか……。

「なんだったかな……」メルカトルは二秒ほど額に

指を当てていたが、「ああ、思い出した。この事件に比べれば全く大したことじゃない。君のアパートが全焼したらしい」

# 不要不急

アパートが全焼して丸裸で焼け出されたため、しかたなく実家に舞い戻った。三食昼寝つきの実家はなんとなく居心地がよくて、新居選びをグズグズしているうちにコロナ騒動で大阪に戻れなくなった。愛車は県外ナンバーなので、閉鎖的な近隣住民から投石されたり「出て行け！」と油性マーカーで落書きされたりと散々だった。大阪が恋しくなり、事務所に泊めてもらえないかとメルカトル鮎に打診したところ、コンプライアンスに反するから越境するなと冷たく拒絶された。

　ようやく五月末になって緊急事態宣言が解除されたので、久しぶりにメルカトルの事務所に遊びに行った。泊めてもらうにこしたことはないが、今ならホテルも底値で選び放題なので不安はない。

「このご時世に、むしろ血色がよくなっているな」

　甘エビを手土産に訪れると、挨拶もそこそこにメルカトルが揶揄《からか》う。探偵事務所のテーブルには、巨大な法隆寺《ほうりゅうじ》五重塔の木造模型が置かれていた。八十センチ近い高さで、最上部の屋根がまだ未完成だった。私の視線に気がついたのか、

「暇だったからな。上手くできているだろう」

　手先が器用なことより、メルが真面目《まじめ》にステイホームしていたことに驚く。

「呑気《のんき》そうだけど、この春は殺人犯も自粛していたのか？」

　田舎《いなか》ではコロナのニュースばかりだったので、大阪の事情にすっかり疎《うと》くなっていた。するとメルは「まさか」と笑いながら、

「逆だよ。謀殺は激増している。夜道に人が少なければ被害者宅に忍び込むのも、被害者を待ちぶせするのも目撃されにくい。しかもマスクで顔を隠して

も怪しまれない。むしろ今がチャンスと不要不急の殺人すら起こっている始末だ」

「犯人はコロナが気にならないのか」

「人目を避けて犯行に及ぶから、必然的に三密《さんみつ》は避けられる。それに犯罪者にとって一番重要なのは、世間の名探偵たちが不要不急の捜査をしなくなることだ」

「不要不急の捜査？」

　そう、としたり顔でメルは頷いた。

「能力の優れた探偵ほど貯蓄がある。つまりこの時期慌てて依頼を受ける必要もない。聞き込み一つにも嫌な顔されるしな。ましてや君でも知っているような高名で高齢な名探偵は、命に関わるから蓑虫《みのむし》のごとく蟄居《ちっきょ》している。今どき現場にいるのは金回りの悪いザコ探偵ばかりだよ」

「でも君はまだ若いだろ。かき入れ時だったんじゃないのか？」

「のこのこ出張《でば》って、木《こ》っ端《ぱ》探偵なんかと同一視されるのも気分が悪い。なに、慌てる必要はないさ。これ幸いと、どさくさに紛《まぎ》れて事を起こす犯罪者など、いくら初動が遅れようが充分間に合う。今はまず五重塔を完成させるのが先だ。こちらのほうが並の難事件よりはるかに手間暇がかかる。……それに不要不急な依頼を翌月に先送りするだけで、不要不急の金が入ってくるしね」

　途端に悪い顔になった。

# 名探偵の自筆調書

「美袋くん。なぜ屋敷で人殺しが起こるか教えてあげようか」

『メルカトル鮎探偵事務所』と尊大な看板が掲げられた雑居ビル三階のオフィスで、例の如《ごと》く革張りのアームチェアにふんぞり返ったメルカトルが暇そうに呟いた。

「例えば君が誰か殺したいとする。その際、最も安全な殺害方法は何か判るかい？」

「暗い夜道で通り魔的に頭をぽかりと殴ったらいいんじゃないのか。それなら証拠も残らない。昔から云われているが、ある意味完全犯罪だし」

　そう答えると彼はふんと鼻で笑いながら、

「動機がなければね。誰でもいいから人を殺したいというのならともかく、ある特定の人物を自分の利益のために殺したい場合はそれでは困る。動機があるということは、いずれ警察が動機の線から君に辿り着くということだ。その時ぽかりと頭を殴るだけで何の予備工作もしていなければ、動機はあるがアリバイはない容疑者となり事情聴取を受ける可能性が大きくなる。まして他の容疑者に確固たるアリバイが存在していたなら重要参考人となりかねない。向こうはプロだから尋問はお手の物だ。脅し賺《すか》し誘導、ブラフ、陥落させるために手練手管《てれんてくだ》を尽くすだろう。カツ丼の誘惑もある。君は耐え切れる自信があるのかい」

「無理かもしれないな……」

　私は正直に答えた。

「だろう。だから司直から逃れるために何らかの手を打たなければならない。最も確実な方法は自殺や事故など、殺人に見えないように殺すことだが、個人レベルで、それも犯罪には一般的な知識しか持ち合わせていない素人にとって、プロの眼を欺《あざむ》くことはかなりの難易度だ。もちろん迂闊《うかつ》な刑事も多いから見落とすこともあるだろうが、ことは殺人だ、そう楽観的に構えていられない。だからこの案はボツだ。次善の策としては堅牢なアリバイを持つことだが、友人に頼んだくらいでは警察も判事も簡単には信じてくれない。そもそも殺人の片棒を担いでくれる友人なんてそうそういない。かといって彼らを欺けるだけのアリバイ工作を考えつくのは、事故の偽装と同様に難しいし、一つ綻《ほころ》ぶと疑いを自分に集中させるためリスクが高い」

「じゃあどうすればいいんだ?」

「次の案としては、自分が容疑者の一員から外れることを諦め、他にもっと強力な容疑者を仕立てることだ。つまりスケープゴートを作るわけだな。犯行現場にそいつを呼び出してアリバイを無くしたり、遺留品を残しておくという手だ。ただ、ここにもリスクは存在する。何かの拍子《ひょうし》に仔山羊《こやぎ》の無実が立証されてしまった場合だ。犯行現場に仔山羊を呼び出すにしても、思い通り動いてくれる保証はない。そうなるとアリバイのない君が疑われてしまう。遺留品にしても、仔山羊が無実なら警察はそれを手に入れる機会があった者に目をつけるだろう。逆にそれが君の容疑を確実にする物証へと豹変《ひょうへん》してしまう」

「しかしそんな警戒ばかりしてたら、殺人なんて出来ないんじゃないのか?」

「そうだよ。殺人はリスキーだ。だがそのリスクを出来る限り減らすことはできる。スケープゴートも一人だとばれやすいが、何人も配置しておけば、例えば十人だと自分への疑いは十分の一に薄まる。凶行時にミスを犯《おか》さず計画通りに遂行《すいこう》できたとしたなら——そんなところでミスするのは問題外だからね——疑いは十分の一のままだ。濃い灰色での尋問では難しくても、十分の一の濃度の尋問なら耐えられる確率は格段に跳ね上がるだろう」

「でも結局は自分も疑われているわけだろ」

「動機が存在する以上、どうやっても疑われるのはやむを得ない。開き直って他のやつらも引きずり込むことが重要なんだ」

「でも十人のスケープゴートなんてそう簡単に作れるのか」

「他人のアリバイを潰そうとするから手間が掛かり、作為的になるんだよ。殺したい相手と動機を持つ者全員を一ヵ所に集めればいいんだ。そしてみなが寝静まった深夜に殺す。そうすれば自分のアリバイも証明できないが、他の九人のアリバイも消すことが出来る。もちろん中にはひょんなことからアリバイが成立する者もいるだろうが、君以外の全員が成立することはまずない——もしそうなったら天に見放されていると諦めるしかないね。もちろん欧米じゃあるまいし、大きな屋敷に容疑者を集められる、集まるチャンスなど滅多《めった》にない。だが、もし自分がその機会に巡《めぐ》り逢《あ》えたなら、そういう絶好のステージで試してみようとは考えないかい?」

「たしかに」と私は頷いた。

「だから屋敷なんかで人殺しが起きるんだよ。最も安全な殺人の手段としてね。理解したかい?」

シルクハットを人差し指でくるくると回しながら満足そうに笑みを浮かべる。だがその笑みにはどこか引っかかるものがあった。

「ああ。何となくね。でもなぜ突然そんなことを云い出したんだ?」

「なに。君も私が殺したがっているように思えたからさ」

アームチェア上のメルカトルはくるりと背を向けると、懐《ふところ》からパーティーの招待状を取り出した。

「誘われているんだよ。君も来ないかい」

# 囁くもの

# 1

偶然というのは恐ろしい。

世の中には車にはねられ、同姓同名の人の墓石に頭をぶつけて死んだ者もいるらしい。

そうだ、鳥取へ行こう!

そう思いたったのは二日前のこと。砂丘《さきゅう》から足が突き出ている女の死体から始まる話を思いついたのだ。

まさに天啓!

……どこかで見たような気もするが、気にしないことにする。

スーパーはくとで鳥取駅に着き、遅めの昼飯にモサエビの海鮮丼を食べる。そして砂丘行きのバスに乗るため駅へ戻ろうとしたとき、大通りの派手な看板がかかったカフェに信じがたいものを眼にした。

窓際の席に足を組んで座る、タキシード姿の男。屋内にもかかわらずシルクハットを被ったままふんぞり返っている。

そんな人間は一人しか知らない。しかしここは大阪ではなく鳥取だ。……もしかすると鳥取にもおかしな人間が一人くらいはいるのかもしれない。きっとそうに違いない。

見なかったことにして、私は足早にカフェの前を通り過ぎた。だが十秒とたたないうちにスマホが鳴り響く。シューベルトの『魔王』。この曲を設定しているのはこの世でたった一人だけ。

「やあ、美袋君。君も鳥取に来ていたんだね」

小春日和の日差しに負けないくらい陽気な声が、スマホから聞こえてくる。紛れもない、メルカトル鮎の声。

襲いかかる絶望。湧き上がる不安。一人旅でしがみつく父親も馬もない私は、電話を切ると、重い足取りでカフェに吸いこまれていた。

「こんなところで遭遇するなんて奇遇だな。カメラを首からぶら下げているところをみると、取材旅行なのか」

メルは窓際のテーブル席でひとり、まずそうにコーヒーを啜《すす》っていた。

「そうだよ。これから鳥取砂丘へ行くところだ。君こそどうしたんだ？」

警戒しながら尋ねると、

「仕事だよ。依頼人を待っているところだ。というわけで向かいの席に座るのは遠慮してくれないか」

腰を下ろしかけた私に注意する。呼んだのは自分だろうに……。

「解ったよ。邪魔になるから退散する」

これ幸いに、私が帰ろうとすると、

「このテーブル席には椅子が四つあってね」

横に座れということなのだろう。ここまで来て逆《さか》らっても仕方がない。私は大人しくメルの横に腰掛け、ウェイトレスにホットコーヒーを注文した。

「仕事の話にしては開放的な場所だな」

きょろきょろと周囲を見回しながら私が尋ねる。

広い店内では数人のウェイトレスが小洒落《こじゃれ》た制服で慌ただしく働いている。新人のバイトが多いのか、給仕姿はどれもぎこちない。何かの拍子に客の頭にコーヒーを零してしまいそうだ。

「これから合流して、現地に向かうところだ。話はその後で聞くことになっている。待ち合わせには、目立つ場所が一番だからね」

「君ならどこでも目立つんじゃないのか」

「土地鑑がない私にとって便利だということだよ。鳥取市に来るのは三年ぶりだが、当時とは店舗も変わっているから。この店も前はなかった。古びた食堂や飲み屋が軒を並べていたはずだ」

「三年前……」私は膝をうった。「そうか、道理で駅前に出たとき既視感があったわけだ」

倉吉《くらよし》での殺人事件の解決の帰りに、せっかく来たからと一時間ほど寄り道したのだ。すっかり忘れていた。

「犯人にナイフを突きつけられ腰を抜かしていたくせに。もう脳細胞は老化が始まっているのか。手に負えないね、君も」

呆れたようにメルカトルが肩を竦める。

「それじゃあ、私がシルクハットを投げてナイフを落とし、君を救ったのも忘れていそうだな」

「あの時は命拾いしたよ。今生きているのも君のおかげだ」

反射的に礼を述べる。だがその直後、メルが私を囮《おとり》にして犯人を誘《おび》き寄せたことを思いだした。九死に一生を得たのはメルカトルのおかげだが、九死な目に遭わせたのも彼なのだ。これではお礼の云い損だ。

「今のは取り消しだ。そもそもあれは君が……」

「お待たせしました」

私の怒りを遮るように、そばかすのウェイトレスがコーヒーを目の前に置く。忙しいせいか置き方が荒く、口調も愛想がない。

気をそがれた私は、仕方なくコーヒーを口にした。途端《とたん》、思わず顔を顰《しか》める。まるで淹《い》れてから三十分ほど放置したような生温《なまぬる》さだからだ。これではホットコーヒーならぬ放《ほ》っとくコーヒーだ。

「温いだろ。新人アルバイトが淹れているのか、教育がなってないね」

ニヤニヤしながらメルが囁く。彼のコーヒーも同様に温かったのだろう。

「クレームをつけたのか？」

「いや、待ち人が来るしな。依頼人の前で、格を落とすような真似はできない」

「意外と仕事に真面目なんだな」

てっきり店長を鼓膜が破れる勢いで怒鳴《どな》り倒し、トラウマで心療内科に通わせるくらいに厭味を並べ立てたのかと思ったので、その意味では拍子抜けした。

「当たり前だ。銘探偵という職業は細心の注意が必要だ。手を抜くと信用だけでなく命すら失うからな」

「そんな繊細な感じにはとうてい見えないけどな。

……それで殺人事件でも起こったのか？」

「興味があるようだね。それなら君も一緒に来るかい？」

「いや、僕はこれから取材があるから」

「ほう、」メルは意外そうに片眉《かたまゆ》を吊《つ》り上げた。「鳥取砂丘の取材なんて……どうせ冒頭で、砂丘から女性の足が突き出ているのが発見されたりするんだろ」

「どうして判ったんだ！」

さすがのメルも読心術は持っていないはずだ。私がびっくりする様を見て、彼はくすくす笑う。

「君の貧困な思考くらい簡単に見通せるさ。なにせひと月前に、そのシーンで始まるドラマの話を君から聞いたばかりだからな。それでなくても君の作品は八割が出来合いのものだし」

あっさり種明かしをされ、私は落ち込んだ。既視感はそれだったのか……。となると、もう使えない。昔読んだかもしれない小説ではなく、ほんのひと月前に放送されたドラマでは云い訳ができない。

……思えば遠くに来たものだ。

「遅れて誠に申し訳ありません。渋滞に巻きこまれたもので」

駆け足でやってきたのは、三十過ぎのスーツ姿の男だった。瓦《かわら》のように真四角な顎《あご》のラインが蟀谷《こめかみ》のあたりでくびれ、七三に分けた頭部は丸く膨らんでいる。まるで前方後円墳みたいだ。印象的な輪郭とは裏腹にのっぺりした地味な顔立ちだが、それぞれのパーツは引き締まっており、有能そうにも見える。

「そちらの方は？」

「助手の美袋君です。今朝連れてくることにしたんです。見るからに凡庸《ぼんよう》そうですが、いないよりましですよ」

ひどい表現だ。少しは褒《ほ》めればいいのに。そんなことより、いつの間にか既に私も同行することになっている。まあ、砂丘がぽしゃったので、ネタ探しにつき合ってもいい気分ではあったが。

「はあ、メルカトルさんがそうおっしゃるのなら」

そこで男は改めて背筋を伸ばすと、

「初めまして、郡家浩《こおげひろし》といいます」

生真面目な声で男は名刺を差し出した。

「社長の若桜利一《わかさとしかず》の秘書を務めています」

一通りの挨拶が済むと、男はウェイトレスにホットコーヒーを頼んだ。注意しようかと思ったが止めておく。メルカトルも何の反応も見せない。

「それで本日のことなんですが、少しトラブルが生じまして」

「トラブル？」

「はい。社長が帰れなくなったのです」

郡家の話では、依頼人の若桜利一は沖縄で商用を済まし、午後に鳥取に戻る予定だったらしい。ところが那覇《なは》空港が暴風雨に見舞われ全便欠航となり、帰宅が一日遅れることになった。

「誠に申し訳ありません」

郡家は再び立ち上がると深く頭を下げた。丁寧な男だ。

「社長から伝言で、本日は若桜宅にお泊まり下さいとのことです」

「それは構わないが、郡家君。君は若桜さんの依頼内容を知っているのかい？　昨日、いきなり彼に呼びつけられたもので
ね。内容は会ったときに話すと云われただけで、教えてもらっていないんだよ」

「その件ですが……。私も全く聞いておりません……」

困り切った表情で郡家は首を横に振る。若桜というのはどうもワンマン社長らしい。しかし……電話で鳥取くんだりまでメルを呼びつけることができる若桜という男。どんな人物なのだろう、かなり気になる。

その時、先ほどのそばかすのウェイトレスがカチ

ャンと鳴らしながらコーヒーカップを郡家の前に置いた。彼はハンカチで額を拭《ぬぐ》うと、一息吐くようにコーヒーに口をつける。私と同じ表情が、彼の顔にも浮かんだ。

*

若桜商事は岡山や神戸《こうべ》に支社を持つ中規模の貿易会社らしい。規模からみれば神戸の支社が本店格だが、昔ながらの名家のため創業地の鳥取に留まっているという。なにより夫人の若桜孝江《たかえ》が地元を離れたがらないらしい。若桜は入婿《いりむこ》のため逆らえず、神戸や海外への出張などで、月の半分は鳥取の自宅を留守にしているという。

ただ今回の沖縄行きは仕事ではなく、趣味の洋蘭《ようらん》を購入するためだとか。若桜は庭に大きな温室を持っており、そこで稀少《きしょう》な蘭を収集、栽培しているらしい。

若桜の家は鳥取駅から車で十分ばかりのところにあった。大正時代に建てられた古めかしい木造の洋館で、壁も柱も昔は真っ白に塗られていたのが、今はいい感じに色褪《いろあ》せくすんでいる。

駐車場に車を停めた郡家は運転席を出ると、そのまま私たちを屋敷の中へ案内した。

「今日はしっかりとメルカトルさんのお世話をするよう、仰せつかっておりますので」

堅苦しい言葉で遜《へりくだ》りながら、郡家は腕を前に出し屋敷へ誘導する。召使いのような丁寧な所作が、メルはともかくおまけで随行することになった私には少々照れ臭い。郡家が律儀なタイプだけになおさらだ。

磨《みが》き込まれた木目が鈍い光を放つ映画のセットのような大きな玄関ホールには、白いエプロンを纏った中年婦人が立っていた。五十歳過ぎくらいだろうか。小柄でふくよか。髪の二割ほどに白髪が交じっていた。

「いらっしゃいませ」

落ち着いた声で恭《うやうや》しく頭を下げる。

「家政婦の船岡《ふなおか》緑《みどり》さんです」

郡家は私たちに紹介したあと、船岡に顔を向けると、

「船岡さん。申し訳ないのですが、客人がお二人になりましたので、もう一部屋準備していただけませんか？」

「判りました。もう一部屋ですね。早速準備いたします」

手際よく返答し身を翻《ひるがえ》すと、家政婦は正面の階段を二階へと上がろうとする。郡家の話では二十年来、ずっと屋敷に仕《つか》えている家政婦らしい。身のこなしが上品だ。

「段取りが悪くてすみません。先に報《しら》せておけばよかったのですが。……船岡さん、私たちは事務室で待っていますから」

「はい」と階段の手前で足を止めた船岡が、振り返り再び頭を下げる。慣れていない私はつられてお辞儀した。くす、と家政婦に笑われた気がした。

「では、準備ができるまでこちらでお待ち下さい」

郡家には気づかれなかったようで、彼は赤い絨《じゅう》毯《たん》が敷かれた廊下を奥へと案内する。

廊下は長く、高い天井からビロード細工の笠《かさ》がついたランプが等間隔でぶら下がっている。廊下の両側には重厚な木製の扉が並んでいる。

防音がしっかりしているのか、廊下はひっそりと静まり返っている。弾力ある絨毯を踏みしめながら廊下を抜け、突き当たりの扉を開く。てっきりその奥に〝事務室〟があるのかと思いきや、扉の向こうはクリーム色のチープな廊下が続き、五メートルほど先に磨《す》りガラスが入った安っぽいアルミ製の引き戸のドアが待ちかまえていた。

廊下には窓はなく、蛍光灯が裸で灯っているだけ。先ほどの扉を境に、あとで建て増しした部分に入ったようだ。それにしても、名家の建て増しとは

思えないほど素《そ》っ気《け》なくアンバランスだ。仮設段階なのだろうか。

アルミの引き戸の先には、今度こそ事務室があった。

正確に云うならば会議室だろうか。同じくクリーム色の床に、それより白みが強いクリーム色の簡素な壁紙。部屋の中央には大きくて飾り気のない長方形のテーブルが縦に置かれ、左右に椅子が三脚ずつ並べられている。キャスターが付いたシンプルな事務用の椅子だ。

ドアの向かい側、奥の壁にはアルミ窓があり、白いカーテンが引かれている。右手の壁にはスチール製の本棚とホワイトボードが並び、反対の左手側はパーティションで仕切られ、給湯室になっている。

天井は低く、廊下と同様に剝き出しの蛍光灯が平行に並んでいた。

「ここが事務室なんですか」

先ほどの豪邸とは全く違う質素な光景に面食らい、思わず私は尋ねていた。

「社長の趣味なんです。立派な部屋より、こういった機能的な場所でないといいアイディアが浮かばないって。『私は庶民の出だからね』と笑っていました。社長はアイディアマンで、その甲斐《かい》あって先代に見込まれたそうです。そういう私も庶民なので、こちらの方が落ち着きますが」

そこではっとしたようにメルを見ると、

「すみません。つい独断で決めてしまいましたが、メルカトルさんは応接間のほうがよかったですよね」

おろおろしながら慌てて引き返そうとする。隙がないように見えて、意外と抜けているタイプのようだ。

「大丈夫だ。探偵も機能性を好むからね」

珍しく大人の対応で、メルは右手の一番奥の椅子に座った。いつもなら尊大な態度で、厭味の一つも口にしているところだ。信じがたい思いで、私がぽ

んやりメルを見つめていると、

「何をつっ立っているんだ。君も座りたまえ」

隣の席を勧める。もしかすると、目の前の郡家を気に入ったのか？　真面目さが前に出すぎていて、あまりメルが好みそうな人物ではないが。

郡家は一安心したようで、

「しばらく、お待ち下さい。今、コーヒーを作りますので」

顔を綻ばせながら、パーティションの奥に向かう。

「先ほどは、あんな質の悪い店で待ち合わせをして失礼しました。いつもはもっと普通だったはずなのですが」

パーティションの奥から郡家の声が聞こえてくる。あの生温いコーヒーの口直しのつもりだろう。

「構わない。君の責任じゃない」

鷹揚《おうよう》に構えながら、メルはガムを口許に放り込んだ。そして大リーガーのようにくちゅくちゅ嚙んでいる。みっともない探偵だ。依頼人が不在だからかやりたい放題。

幸い、郡家は気づいていないようだ。

「失礼ですが、メルカトルさんは社長の依頼の内容については一言も聞いておられないんですか？」

コーヒーメーカーのスイッチを入れたあと、戻った郡家が尋ねてくる。

「会って直接話すの一点張りだったからね」

「そうですか。大変なことでなければいいのですが……」

郡家は心配げに顔を強ばらせている。探偵に依頼するというのはある意味非常事態だ。郡家が不安になるのも無理はない。

「郡家さんのほうは、何か心当たりは？」

「いえ」と郡家は首を何度も振った。「こんな時、社長の代役を少しでも務められればいいのですが。秘書になって三年あまりで、まだまだ未熟です。信頼されるにはほど遠いですね」

「まあ、彼のことだから、大したことじゃないと思うが。何かと空騒《からさわ》ぎするタイプだし」

「メルカトルさんは社長とは昔からのおつきあいなんですか？」

びっくりしたように郡家が尋ねた。若桜は五十過ぎということなので、二人の年の差は二十ほどある。

「まあ、一寸《ちょっと》した知り合いだね」

「すごいですね」

郡家は心から賞賛の声を上げている。自分と同世代の人間が社長と対等な間柄なのだ。庶民出の彼には想像しづらいことなのだろう。かく云う私もご同輩だが。

「そうでした。社長からの伝言がありまして、ことを内密に進めたいので、探偵ということを隠して、蘭好きの同好の士としておいてほしいそうです。それでよろしいでしょうか？」

「構わないよ。私も蘭が好きだからね。同好の士というのは間違っていない。それじゃあ、あとで温室を見せてもらえるかい。ずっと誘われていたんだが、なかなか時間がなくてね」

「はい、喜んで」

そうこうしているうちに、給湯室からずっとポコポコ云っていた水蒸気の断末魔《だんまつま》が聞こえてきた。

「コーヒーが沸いたようです」

さっと腰を浮かし台所へ向かう郡家。カップを並べる音が聞こえてきた。

「私はブラックで頼むよ」

メルは口からガムをとり出すと、周囲を見回したあと、ぺちと椅子の座面の隅になすりつけた。ゴミ箱が見当たらなかったようだ。郡家は狼藉に気づいていない様子。

「おい」見かねた私は注意しようとしたが、その時入り口のドアが開いた。

顔を覗かせたのは船岡だった。彼女は柔和な表情で、「お客様、お部屋の準備が整いました」と告げる。

「折角《せっかく》コーヒーの用意ができましたのに」

至極残念そうに戻ってくる郡家。

「また今度頂くよ」

優しく声を掛けるメルだが、言葉と裏腹にガムだけが椅子の上に残った。

＊

私たちの部屋は洋館の二階に用意されていた。一番奥が私で、手前がメル。メルの手前が郡家だった。

十畳以上ある客室は、華美な絨毯が一面に敷かれ、フランス窓には織物《おりもの》のカーテン、天井にはシャンデリアと、いたれりつくせりの豪華さだった。壁を頭にふわふわのベッドが据えられている。まるで王侯貴族の気分が手軽に味わえるツアーのようだ。

「二十分ほどしましたら、温室のご案内のために改めて参ります」

もう見慣れた礼儀正しい仕草で頭を下げ、郡家は客室を出ていく。

「すごい部屋だな」

私は初めて上京した少年のように物珍しげにぐるっと四方を見回したあと、

「ここの社長とどういう知り合いなんだ。君を簡単に呼びつけられる相手なんて」

「まあ、少しばかり恩を売る相手でね」

軽くウィンクしながら、打算の香りを匂わせる。

「聞きたいかい？」

誘うような問いかけに、逆に警戒してしまう。罠《わな》かもしれない。聞けば二度と引き返せないような。

しかし……何の罠？

「その前に、部屋に荷物を置いてくるよ」

メルの部屋を出たとき、廊下で若い女性とぶつかりかけた。

「だいじょうぶですか」

躱《かわ》した拍子に女性が体勢を崩しかけたので、慌てて支えると、

「ありがとうございます。少しぼうっとしていたものので。もしかしてパパが話していた？」

若桜の娘のようだ。郡家の話だと若桜には妻との間に息子と二人の娘がいるらしい。義父母は既に亡くなっているので、今は五人家族だという。

「はい。お世話になります」

返事をしてから、改めて彼女の顔を見る。華奢《きゃしゃ》で色白の美しい女性だった。たおやかで白百合《しらゆり》のように気品がある。年は二十歳過ぎだろうか。

「こちらこそ。折角来ていただいたのにパパが帰ってこられなくて、失礼しました。あ、私は次女の典《のり》子《こ》といいます」

「僕は美袋三条。しがないミステリ作家をしています」

「ミステリ作家ですか」

くりくりっとした瞳を更に丸くして典子が驚く。愛嬌《あいきょう》のある仕草だ。

「私、ミステリはあまり詳しくないのですが、道理で知的な顔立ちをされていると思いました」

知的だと云われたのは初めてだ。お世辞にしても、美女に褒められるのは満更でもない。

「たしか蘭がご趣味だとか？」

「いえ。蘭が好きなのは一緒に来た友人のほうですけどね」

直《す》ぐ襤褸《ぼろ》が出るような嘘《うそ》は、私には吐《つ》けない。正直に知らないことを告げた方が得策だろう。

「ああ、そうなんですか」

「僕は後学のために無理を云って連れてきてもらったんですよ。そのせいで家政婦さんには余計な手間をとらせてしまったようで」

「船岡さんなら大丈夫ですよ。働くことが生き甲斐みたいな人ですから。じゃあ、その方にもご挨拶をしなければいけませんね」

軽く会釈《えしゃく》してメルの部屋へ入っていく。

メルとの挨拶がひと通り終わり、典子が部屋を辞そうとしたとき、「お嬢さん」とシルクハットを人差し指でクルクル回しながら、メルが呼び止める。

「あなたに興味が湧きました。よろしければ少し世間話をする時間をいただけますか？」

白い歯を零して笑顔を作る、まるでプレーボーイのような言動。珍しい光景に私は再び驚いた。欲望と云えば金銭欲や名誉欲が先に立つこの魔王が、彼女に一目惚《ひとめぼ》れでもしたのだろうか。明日は台風かもしれない。

「はあ、」

父親の客人ということで無下《むげ》に断れないのだろう。典子は神妙に中に留まる。

「どうしたんだい。君は自分の部屋へ戻らないのかい？」

二人の様子をまじまじ見ていると、意地悪くメルが尋ねてきた。

「いや、僕もいることにするよ」

「なら、そうすればいい」

てっきり追い出されるのかと思ったが、意外にもメルはあっさり了承する。

「それで、お話とは？」

先ほどまで色白の顔に天真爛漫《てんしんらんまん》な笑顔を浮かべていた典子だが、さすがに今は警戒の色が滲んでいる。

「いえ、大したことじゃありません。あなたが白百合のように見えたもので」

典子が白百合のよう。メルと同じ感性を持っていることに私は絶望した。

「白百合ですか……」

「他の人から云われたことはありませんか？」

「いいえ。初めてです」

「なるほど。それではこれから他の人から〝白百合〟と呼ばれたことはないかと訊かれたときは、このメルカトル鮎が最初に云ったとお答えください」

「はあ」と怪訝《けげん》そうに典子が頷く。最初に白百合と形容したのは私なのに……そう訴えたかったが、もちろん声には出さない。そんな私の葛藤《かっとう》を見て、知ってか知らずかメルはニヤニヤしている。

「ところで典子さんは大学生なのですか」

「はい。鳥取教育大学の三年生です」

「というと、将来は教師に？」

「小学校の先生を目指しています」

少し和んだのか典子は幾分《いくぶん》声を弾《はず》ませる。

「お父さんの会社には入らないんですか？」

「会社は弟が継ぐので、私は自由にさせて貰ってます」

「なるほど。小学校の先生とは、子供が好きなんですね」

「それもありますが、小学校の時、すごく憧《あこが》れた先生がいたんです。私は身体が弱くて学校を休みがちだったんです。そのせいでクラスで浮き気味で。私自身も周りに迷惑をかけるばかりだし、それでいいやと諦めかけていたんです。そのとき先生が学校生活の楽しさを熱心に指導してくれて。それでクラスの子とも仲良くなれて、今でも一緒に遊ぶ友人も出来ました。もしあの先生がいなかったらと思うと……。私、先生みたいになりたくて」

瞳を輝かせながら典子が滔々と説明する。本当にその教師を尊敬しているのだろう。

「よく解ります。典子さんには人生のメルクマールとなる人がいて幸せですね」

「メルカトルさんにはいらっしゃらないんですか？」

「私ですか？　私は常に一匹狼《いっぴきおおかみ》です。利用しようと近づく者はいますが、理解してくれる人間には恵まれません」

溜息をついて大仰に肩を竦める。

目の前に繰り広げられる二人の会話に、私は呆然としていた。本当にただの世間話なのだ。

メルはどういうつもりなのだろう？

典子もだらだらと話をしていることに戸惑《とまど》いを感

じているのか、口調が徐々にぎこちなくなっている。女性を口説《くど》くのではなく、まるで入社面接をしているかのような固苦しさがある。

それでもメルは典子を解放することなく、やがて話題は鳥取のことに移った。ここから鳥取砂丘までは三十分もあれば着くこと。砂丘から両足が飛び出たTVドラマは、典子も観ていたこと。ロケは冬に行われていたが、十年に一度の豪雪と重なったため、一週間ほど延期したこと。

そうこうして三十分ほどが無為に過ぎただろうか。慌ただしく郡家が部屋に入ってきた。当然、中にいる典子にびっくりしたようで、

「すみません、遅れてしまって。これから温室にご案内します。……あれ、典子さんどうかされましたか？」

典子もこれ幸いと、

「いいえ、お話を少し。それじゃあ、私は失礼します」

と、入れ違うようにそそくさと部屋を出ていった。安堵と疲労が入り混じった、可哀想《かわいそう》な表情だった。

「どうかされたのですか？」

不思議そうに眉を上げ、郡家は今度はメルに訊いてくる。

「ちょっと囁きがあったものでね」

メルは飄々《ひょうひょう》と不可解な返答をしただけだった。

## 2

郡家の案内で私たちは若桜自慢の温室へ向かった。広い庭の一隅に建てられたガラス張りのドームの中には、ところ狭しと洋蘭が並べられている。室内は外気より少し暖かい程度だが、色鮮やかに咲き乱れた蘭を目にすると熱帯雨林のジャングルに迷い込んだ錯覚に陥《おちい》る。

実際に洋蘭が熱帯雨林に生息しているのか知らな

いが、きらびやかなイヴニングドレスをまとって美を競うように群立《むらだ》ちする姿は、さながらシンデレラが乗り込んだ舞踏会のようで圧倒されてしまう。

そんな私とは対照的にメルは極めて冷静に観賞している。顎に手をやり値踏みするように一つ一つに顔を近づけ、まじと見つめる。やがて一つの蘭に近づくと、

「ほう、これは珍しい」

声を弾ませた。

「そうなのですか？　案内しておきながら、私は蘭の知識はまったくなもので」

郡家が七三分けの後頭部を申し訳なさげに掻く。

「デンドロビウム系のかなりの稀少種だ。気温の変化に弱く増殖が難しいことで有名なんだ。ここにあると知られれば、全国のマニアが犯罪を厭《いと》わず押しかけてくるくらいのね」

「そんなにすごいものなのか？」

私も顔を近づけてみたが、よく判らない。小ぶりで白みが強い花だ。甘い香りがするが、隣の花と比べてどう違うかと訊かれれば、はっきり断言できない。むしろ素人目には、別ブロックにあるもっと大輪で派手な花の方がすごそうに思える。

「栽培が難しい種だから。まあ、珍しいのはこれだけではないが。話には聞いていたが、よく集めたものだ」

さすがのメルカトルも感心している。

「ところでこれらの世話は若桜さんが？　月の半分は家を空けていると聞いているが」

「社長が留守のときは、船岡さんが世話をされています。もちろん専門的な部分は業者に委託していますが」

「ほう。見かけ以上にスーパーな家政婦なんだね。これからは敬意を持って接しなければいけないな」

丸きり冗談とも思えない口調でメルは呟く。

その後も、三人で広い温室の蘭巡りをしていたが、やがて郡家のスマホが鳴った。気がつくと、ガ

ラス張りの外はとっぷりと日が暮れている。結構な時間、温室内にいたらしい。あのメルがよく飽きもせず、ずっと温室にいたものだ。それほど洋蘭に傾倒していたのかと、ちょっと意外だった。まあ、彼の解説のおかげで私も後学のためになったが。

「判りました」と通話を切った郡家は、「夕食の準備が整い、みなさん食堂におみえのようです。申し訳ありません。つい長居してしまいました」

何度も頭を下げる。郡家だけのミスではないと思うが、いささか真面目すぎるタイプのようだ。ただ同じようにポカが多い私は、他人事ではない。他山の石と気を引き締める。

ともかく私たちは急いで食堂へ直行した。

絢爛豪華という修飾が見事に当てはまるデラックスな食堂——さすがにもう慣れて驚くことはなかったが——には、すでに五人の先客が座って待っていた。

一番奥は若桜の席なのだろう、ぽっかり空いている。その隣には五十前後の細身の婦人が腰掛けていた。気品はあるが、神経質そうな目つきで、少々険がありそうな印象。若桜の妻の孝江だろう。

孝江の隣には車椅子の女性がいた。典子に似ているが五つほど齢を重ねた感じだ。姉の宮子《みやこ》だ。典子が白百合なら色気を増した山百合といった風情。郡家の話では、半月ほど前に車に轢《ひ》かれ両脚を骨折し、今も通院中らしい。両脚は痛々しくもギプスに覆われていた。

ただ、無免許の不良高校生の飲酒運転と事情がはっきりしており示談も成立しているので、今回の依頼と関係ないはずと郡家は話していた。

そんな宮子の横には婚約者の徳丸昭博《とくまるあきひろ》が座っている。地元の資産家の長男で、来春に式を挙げる予定だとか。宮子が骨折してからは、見舞いと称して足《あし》繁《しげ》く屋敷に通っているとのこと。長身でおっとりとした顔つきで、いかにも育ちが良さそうだ。年は三十くらいだろうか。父親の製造会社を嗣《つ》ぐための帝王学を学んでいる最中らしい。

テーブルを挟んで向かい側には典子と弟の恭介《きょうすけ》がいた。恭介は姉妹や孝江夫人とは似ていなく、顔も身体もいくぶん小太りだ。郡家によると父親似らしい。若桜の顔は知らないので、三十ほど加齢した顔つきを想像し、なんとなく補完する。今年二十歳と家族の中で一番若いが、総領息子であるためか若桜の向かいに位置する一番奥の席に腰を下ろしていた。

私たちは遅れを詫《わ》びたあと、典子の隣に並んで座った。メル、私、郡家の順で、郡家が一番端だった。

当然ながら家族の注目は、当主の若い友人で一人タキシードを着込んでいるメルに集中する。そしてこれまた当然のように、メルは饒舌《じょうぜつ》にそつなく受け答えをしていた。中には失礼な質問もあったが、眉一つ動かさず平然と談笑している。客商売と割り切っているのだろう。このあたりの対応は見事なものだといつも感心する。

ただ不思議だったのは、客室では一目惚れしたかの勢いでしつこく話しかけていた隣の典子に、全く関心を持っていなかったことだ。まるで温室で蘭を眺めていたあいだに、すっかり興味をなくしたかのように。いささか警戒していた当の典子も、拍子抜けした感じで最後は談笑に加わっている。

訝《おか》しいのはメルだけでなく、私の隣の郡家もそうだ。彼らしい律儀な所作で鯛《たい》のカルパッチョやローストビーフを口に運んでいたが、なぜかキノコのポタージュには全く手をつけていなかった。こんな場では苦手なものでも無理矢理食べそうなタイプに見えたのだが。その代わりというか、他の料理を口にするたびに頻繁《ひんぱん》に手元のワインを呑んでいる。

いつもなら赤ムツのソテーを始めとする豪勢な料理に舌鼓を打っている私だが、事件の依頼という裏事情を知っているだけに、そんな些細な出来事がなぜか気になった。

＊

夜も深まり、食事を終えた私たちは隣のリヴィングでグラスを片手に語り合っていた。私とメル、徳丸と典子という面子《メンツ》だ。

孝江夫人は入浴するため八時半頃にリヴィングを出た。その三十分前には、宮子と恭介が部屋に戻っている。恭介は大学のレポートが残っているらしい。宮子の方は、

「昭博さんのマフラーを編んでいるの。来週の誕生日までに間に合わせるって。もう熱々でしょ」

と冷やかすように典子が教えてくれた。二人とも部屋は二階だが、怪我《けが》をして以来宮子は一階の客室で寝起きしているらしい。

目の前で冷やかされたにもかかわらず、婚約者の徳丸は満更でもない様子で後頭部を掻いて照れている。郡家はワインを飲み過ぎたのか、「申し訳ありません。失礼します」と九時頃に部屋へ戻っていった。これまた彼にしては意外だ。

そんなわけで私たち四人は、鳥取市の湖山池《こやまいけ》にある石がま漁と呼ばれる日本唯一の漁法についてや、アザラシが侵入してネッシー騒動になったことなど、和やかに歓談を続けていた。しかし、ふと徳丸の会社での話になったとき、早期退職について意見の食い違いが起きた。

徳丸の社員の意向を尊重するという姿勢をメルが否定したあと、どんな手を使っても道具として利用できない人間から切り捨てるべきだと主張したのだ。そして最後に「さすがお坊ちゃんだけあって甘いね」と鼻で笑うように締めくくった。

徳丸の顔は真っ赤だった。坊ちゃん育ちのためか人から説教をされたことがないのだろう。

「おいメル、どうしたんだ。失礼だぞ」

もしかしたら酒が入っていたせいかもしれない。

彼には珍しいことだが。

だが二人の争いはエスカレートし、隣ではらはらしている典子をよそ目に徳丸が立ち上がり、

「失礼します」

と足音荒くリヴィングを出ていった。ちょうどレポートを終えた恭介が入れ違いに顔を見せたのと同時だった。

「なにかあったんですか?」

「いや、将来会社を背負う若者に心得を教えただけですよ。社員の生活を支えるためには、年長者の苦い言葉も受け入れないとね」

年長者といっても年はさして変わらない。しかもメルには経営者どころか会社勤めの経験すらない。だが当のメルは平然としたものだ。恭介は典子と顔を見合わせたあと、呆れ顔で私に説明を求める。

「もうしわけない。偶《たま》に変になるんです」

とにかく今日のメルはいろいろと訝しい。不埒な悪行三昧だ。元から常識がない人間ではあるが、ガムの件や今の口論は探偵の本業に差し障《さわ》りかねない。

私は潮時とばかりにメルに部屋に戻るよう促したが、彼は頑《かたく》なに動かないどころか、蘭に関する高説をいきなり私たち三人にぶちまけ始めた。

「恭介君。あの温室はゆくゆくは君が相続するんだろう。あれを若桜さんの代で終わらせてしまうのはなんと勿体《もったい》ないことか。それとも私が一切合切譲り受けようか」

まるで酒乱だ。

そんな演説が十分ほど続き、いやはやどうしたものかと気を揉んでいると、リヴィングの柱時計が十時の鐘を鳴り響かせた。さすがのメルもふっと口を噤《つぐ》む。

そのときだった。廊下から女性の甲高い悲鳴が聞こえてきたのは。

反射的に外へ飛び出す。

玄関ホールの脇、階段の手前。オレンジ色のライ

トに照らされ、宮子が倒れていた。車椅子も横倒しになっている。

「姉さん？」

恭介が真っ先に駆け寄り、慌てて宮子を抱き起こした。昏倒《こんとう》しているのか宮子の反応がない。

「姉さん！　姉さん！　いったいどうしたんです」

何度か呼びかけると、ようやく宮子は気づいたようで、眼を開き短い声を上げ弟の胸に顔を埋める。

「誰かが階段から下りてきて、いきなりぶつかって」

宮子は二階への階段を指さした。

「なるほど。それで相手の顔は見ましたか？」

懐中時計を一瞥したあと、冷静な声でメルが投げかけると、

「いえ、」と宮子は首を振る。「突然だったのと、薄暗かったせいで。ただ、男の人だったような……」

「本当ですか。男というのは」

メルが念を押す。

「体格というか、私を突き倒した力が強かったので……」

一瞬のことで、宮子にも確信はないようだ。

「それで、男はそのあとどうしたんだい？」

恭介が尋ねるが、宮子は何度も首を振るばかり。倒れた拍子に意識を失ってしまったらしい。

「まあ、行き先は判っているがね」

さすがメル、事件とともに素面《しらふ》に戻ったようだ。彼はつかつかと玄関に向かうと、観音開きのドアを指し示した。樫木《かしき》の重そうな扉が少し開いている。僅《わず》かな隙間から冷え切った晩秋の風が流れ込んでいた。

「どうかしたの？」

奥の部屋から孝江夫人が顔を覗かせる。湯上がりらしく白いナイトガウン姿で、タオルを頭に巻いている。反対側からは後片づけをしていた家政婦の船岡も姿を見せる。

二人とも宮子の姿を見ると、慌てて駆け寄った。

「大丈夫、宮子！」と恭介に抱えられたままの宮子に声をかけたあと、

「何が起きたんです？」

緊張の面持ちでメルに尋ねる。

「賊が侵入したらしいです」

「賊が？　そんな。泥棒かしら……」

「どうでしょう」メルは宮子に向き直ると、「宮子さん。賊は何か手に持っていましたか」

「そこまでは……本当に咄嗟《とっさ》のことだったので」

宮子はそれにも首を横に振るだけ。船岡が横倒しになった車椅子を立てると、ずっと抱き上げていた恭介が気づいたように宮子を車椅子に戻した。幸い脚やギプスに異常はないようだ。

「船岡さん。警報装置《セキュリティ》はどうなっているのですか？」

「屋敷のはいつも十一時にセットするようにしていますので。私の過信でございました。そのせいでお嬢様を危険な目に」

責任を痛感しているのだろう。消え入りそうな声で頭を下げている。

「船岡さんが謝ることはないわ。そう指示したのは私ですから」庇《かば》うように孝江が割って入る。「主人の帰りが遅い時は酒が入っていることが多いので、よく警報装置に引っ掛かるんです。なので十一時までは切っておこうと」

その時だった。渦中の玄関の扉がいきなり開いたのだ。

賊が戻ってきた？

誰もが身構える。しかし現れたのは徳丸だった。私たちの視線を一身に浴び、きょとんとしている。

「どうしたんですか？　みなさんお揃《そろ》いで」

「そういう徳丸さんこそ」

「いや、興奮してしまったので、夜風に当たって頭を冷やそうかと。寒すぎて、頭どころか身体まで冷えてしまいましたが。それより何かあったのですか？」

呑気に尋ね返してくる。既に宮子も車椅子に戻り落ち着き始めていたので、徳丸は婚約者が襲われたことに全く気づいていないようだった。

「表で誰か見ませんでしたか」

説明を後回しにして、メルが尋ねる。

「いえ」

「出る時は扉を閉めましたか」

「もちろん閉めましたけど」

状況が呑み込めず、徳丸は生返事を繰り返す。メルとのわだかまりに拘《こだわ》ってる場合ではないということは察したようだ。

「それで……一体何が？」

「となるとやはり賊は玄関から逃げたようですね。しかし何処《どこ》に押し入ったんでしょう」

「賊？　賊ってどういうことですか？」

「船岡さん。念のため金庫を」

思いついたように孝江が命じる。船岡は慌てて一階の孝江の隣の部屋へ走っていった。

「一階なら違うか」メルは独り合点《がてん》したあと、「そういえば、一人足りませんね」

互いに顔を見合わせたあと、足りないのが郡家だと気づいた。しかも彼の部屋は二階だ。

「酔《よ》い潰れて気づいていないだけかもしれないが」

そう云うものの、わざわざメルが口にしたからには意味があるのだろうと思わざるを得ない。

「みなさんリヴィングで一緒にいて下さい。万が一、賊がまだ潜伏している可能性もありますから。私たちは郡家さんの様子を見に行きます。恭介さん、徳丸さん、彼女たちを頼みます」

そう命じたあと、私を促し二階へと上っていく。

郡家の部屋はメルの隣だ。ノックのあと中を覗いてみたが、誰もいない。扉に鍵はかかっておらず、照明もつけっ放しだった。ベッドは一度寝た形跡があるが、今はもぬけの殻。

「留守なのか。……それとも屋敷から飛び出したのが彼なのか」

私が呟くと、メルは、

「この寒空に上着を脱いだままでか？」

　椅子の背に掛けてあるスーツを指し示した。今日一日、彼が着ていた紺色のスーツだ。

　メルは純白の手袋をはめながら三六〇度視線を回転させ部屋をサーチしていたが、やがて部屋の奥にあるウォークイン・クローゼットに注目したようだ。アコーディオンカーテンが三分の一ほど開いている。

　つかつかと歩み寄り、カーテンを大きく開く。

「これは凄い」

　思わず感嘆するメル。先ほどの稀少種の蘭の時以来の反応だ。しかし今度は事情が違う。

　私も慌ててメルの背から覗く。たしかにメルが感嘆するだけのことはあった。クローゼットに渡された鉄パイプの桟に、ネクタイで括《くく》られた郡家の死体がぶら下げられていたのだ。

## 3

「殺されてから三十分と経っていないな」

　死体を検分しながら、メルカトルが呟く。郡家の顔は無惨に青ざめ、口から舌が長く伸び出していた。首筋には赤く鬱血《うっけつ》したような筋がぐるっと巡っている。首を絞められ殺されたあげく、タンスに吊《つ》されたようだ。

「美袋君、現在の時刻は？」

　部屋の時計の針は十時十分を指している。私の腕時計も同じだ。そもそも今しがた胸ポケットの懐中時計を見ていたので、必要なのは私の証言なのだろう。

「じゃあ、賊が郡家さんを殺したあとに屋敷から逃げだそうとして、宮子さんとぶつかったと」

「そうかもしれないな」

「しかしどうして郡家さんがこんな目に？」

「さあ。それはまだ解らない。そもそも彼がこの部屋どころか、この屋敷に泊まっていることをどうやって知ったのか。若桜さんが今日帰れなくなった代理だというのに」

「じゃあ、本当は若桜さんを殺すつもりで」

「ばかばかしい。若桜さんの寝室は一階だ。ここはあくまでも郡家さんにあてがわれた客室だよ」

喋《しゃべ》りながらもメルは丁寧に遺体を調べている。

「後頭部に打撃痕が残っている。頭を殴られ昏倒したところを、このネクタイで絞め殺されたようだ。他に外傷らしいのは……ん？　やっぱりか」

メルの顔に笑みが浮かぶ。

「この舌を見たまえ。火傷《やけど》しているだろ」

口から飛び出た舌の表面が赤く腫《は》れている。

「ああ、たしかに。それがどうかしたのか？」

「気づかなかったのか。夕食の時彼はスープに手をつけていなかった」

「そういうことか。僕も訝しく思っていたんだ」

私が頷くと、

「思うだけじゃダメだね。その先を考えないと」

メルは鼻で笑う。

「でも。あのメニューに火傷しそうなものってあったっけ」

カルパッチョにローストビーフはもちろんのこと、メインの赤ムツのソテーも火傷するほど熱くはなかった。

「ないな。キノコのスープもすこぶる適温だったよ。だからこそ解ることがある。それと彼のスラックスの臀部《でんぶ》を見たまえ。薄くガムの跡が残っているだろ」

「どういうことだ。まさか君が悪戯《いたずら》でへばりつかせたのか？」

「馬鹿馬鹿しい。そんなことはしないさ。囁かれなかったからね」

メルは独り合点して、部屋を出た。そのまま階下に降りる。リヴィングに入り船岡に警察に通報する

よう伝えたあと、

「とりあえず、警察が来る前に軽く事情聴取をしましょうか」

一同に向かい、そう口にした。まるで朝ベッドから起きる前に、軽く背伸びするような調子で。

*

「みなさん、私はただの蘭の愛好家ではありません。銘探偵です」

メルカトルは若桜に依頼され、ここに訪れた経緯を説明する。あのあと若桜に連絡したが、電話には出なかった。メルだけでなく家族がかけても同様なので彼の身が危惧されたが、夜の店で飲んでる最中はいつも出ないそうなので、事件との関連は一旦留保することになった。

「こんな大変な時に飲みに行ってるなんて」

と夫人や娘たちが不満げに顔を見合わせる。当人の与《あずか》り知らぬ間に、株が暴落したようだ。

「この事件が依頼内容と関係があるのかはまだ解りません。ただ私の目の前で殺されたのは確かで、探偵である以上は自らの手で解決しなければなりません。なにぶん協力をお願いします」

普通なら異を唱えるところかもしれないが、郡家が殺されたショックが大きいためか、みな素直に従う。

「警察が来る前に、とりあえずアリバイを聞かせてもらいましょう」

「私たちの中に犯人がいるというのですか？　賊が表から逃げていったと聞きましたが」

徳丸が声を上げる。定番の反論なので、メルカトルの返答も早い。

「念のためですよ。警察が来ればどうせ訊かれることです。ぶっつけ本番で挑むより、今のうちにリハーサルをしておけばいいと思いませんか。迂闊なことを口走って、名家の醜聞が広まると厄介ですよ」

警察が耳にすれば怒り出しそうな科白で説得する。

「それに警察相手だと、一人一人が事情聴取を受けることになるでしょうね。宮子さんや孝江さんなども」

「解りました。ここで意地を張ってもしかたないということですね」徳丸は両手を上げて折れると、「……では私から答えます。メルカトルさんもご存じの通り、私はあなたと口論になって、頭を冷やすために玄関を出て庭に行きました。煙草を二、三本吸って戻ってきたときに玄関でみなさんと出くわして」

「あなたがリヴィングを飛び出したのは九時五十分くらいですね」

飛び出したのが〝玄関〟ではなく〝リヴィング〟だとメルは密《ひそ》かに訂正する。玄関を飛び出さずに二階へ上がり郡家を殺害するチャンスは充分にあるからだ。もちろん徳丸も気づいたようで、

「はい。なのでアリバイはないですね。玄関から飛び出す賊の姿を見たとでも云えればいいんでしょうが、嘘はつかない主義なので」

「賢明ですね。私の前で嘘をついても何一ついいことはありませんよ」

自信満々な態度でメルは彼らを見渡した。

「じゃあ、次は僕が」視線が合ったのか、恭介が軽く手を上げ答える。「僕はずっと部屋でレポートを書いていて、それが終わったのでリヴィングに顔を出したんです。廊下で飛び出してきた徳丸さんとすれ違って。顔が怖かったので、ちょっとびっくりしましたけど」

理由を聞かされずはぐらかされたままなので、まだ気にしているようだ。

「いや、何でもないんだよ。恭介君。ちょっと意見の食い違いがあってね」

逆に徳丸が誤魔化そうとする。端《はた》から見れば一方的にメルに非があるが、この状況で蒸し返してもし

かたがないという判断だろう。メルも深入りすることなく、

「では九時五十分まではずっと部屋に一人きりだったんですね。物音とかは？」

「特になにも……でも賊が入ったのはその後なのでは」

　恭介が怪訝そうに訊き返す。

「どうして？」

「いや、だって宮子姉さんが襲われたのってたしか十時になってからだし」

　柱時計に細工がされていなければ、それは間違いないはず。玄関ホールでメルが懐中時計を確認していたので、細工の線もゼロだろう。

「屋敷から逃げだしたのは十時かもしれないが、侵入したのはそれよりもっと前かもしれないよ。たとえば恭介君がまだレポートを書いている時に、同じ二階で犯人が郡家さんを」

「止めてくださいよ、脅かすのは」

　想像したのか、恭介がぶるると身を震わせる。

「私がお風呂《ふろ》から出たのは九時三十分でした」奇妙な空気を一掃するかのように、孝江夫人が声を上げた。気品と威厳《いげん》を兼ね備えた声だった。「デトックスで半身浴をしていたんです」

「ご夫婦の部屋は一階でしたね。何か不審な音とかは？」

「いえ、何も。出てすぐに宮子に風呂に入るか尋ねたんです。風呂といっても身体をタオルで拭《ふ》くくらいですけど。後で一人でやるから大丈夫だと」

「汗ばみが酷《ひど》いときや髪を洗うときは母や船岡さんに手伝ってもらっていますが、今日はそれほどでもなかったので」

　補足するように宮子が説明する。その美貌は先ほどより蒼ざめ、疲労の色が濃く表れている。郡家の死にショックを受けているのか、あるいは自分がぶつかった賊が殺人犯だったことに改めて恐怖を覚えているのか。

「母が私の部屋を訪れたのが九時四十分頃でした。入浴を断ったので、母はすぐに戻りましたけど。……私は八時にリヴィングから戻ってからずっと部屋で編み物をしていたので、その間話したのは母だけです」

「どうして玄関に行かれたんですか？」

メルが尋ねると、

「編み物が一段落ついたのでリヴィングに顔を出そうかと思ったんです。それで廊下に出ると、玄関が開いている気がして、誰かが閉め忘れたのかと思って確認しようと階段の下まで来たときに」

「待ってください」

メルカトルが厳しい声で遮る。

「あなたが賊に襲われる前に、既に玄関の扉が開いてたんですか？」

「は、はい……たぶん」

自信なげに宮子は頷き、そのまま俯《うつむ》き加減になる。

「徳丸さん」とメルは彼に向き直ると、「あなたは玄関から出るとき扉を閉めましたか」

そう再度確認する。

「それは……」徳丸は一瞬返答に窮したが、「先ほども云いましたが、閉めたと思います。いくら苛立っていても人の家の扉を開け放しで飛び出しません」

今度は確信を持って答える。

「あなたはその辺はきちんとする人だと私も思います」メルは同意したあと、「ということは、犯人は九時五十分以降にこの家に忍び込み、十時には犯行を終えて逃げ出したということになります。不思議なことに」

「それがどうかしたのか？」

何が不思議なのか解らず、私が尋ねると、

「郡家さんは殴られたあと首を絞められ、クローゼットに首を吊った状態で殺されていた。その手間暇だけで十分近く掛かるだろう。犯人は侵入した十分を、郡家さんを殺すためだけに使ったわけだ」

「つまり物取りなどではなく、郡家さんの殺害が目的だったと」

「でも」と口を挟んだのは徳丸だった。「泥棒が部屋を物色しようとして、真っ先に郡家さんに見つかったとか。思わず殺してしまってから怖くなって逃げ出したとかは？」

「考えられなくはありません」

時間を惜しむように、メルは議論を避けた。警察の到着前に全員の話を聞きたいようだ。単なる泥棒なら、ウォークイン・クローゼットに吊すことなくそのまま逃げ出すことだろう。そのくらいは私でも推察できる。

その後、残る典子と船岡が証言した。典子はメルや私とずっとリヴィングにいたので問題ない。ただ九時三十分頃に一度、三分ほどトイレに立ってはいるが。船岡は翌日の仕込みのためにずっと厨房にいたらしい。怪しい物音などは聞いていないという。

「解りました」

メルは深く頷いたあと、

「そういえば、午後に郡家さんと事務室に行かれた方はいらっしゃいませんか？」

誰もが首を振る。

「誰がって、メルカトルさんたちが行かれたんじゃないですか」

船岡が鹿爪《しかつめ》らしい顔つきで答えた。

「それはそうでしたね。忘れていました」

メルがわざとらしく笑ったとき、警察の到着を知らせるサイレンの音が聞こえてきた。

＊

名家の事件ということで白羽の矢が立ったのか、現れたのは見るからに喰わせ者なヴェテランの刑事だった。ぼさっとした外見なのに目つきだけがやたら鋭く、良くも悪くも実力者に融通《ゆうずう》が利くタイプなのだろう。

刑事たちが二階の現場に押し寄せる中、メルはひとり事務室へと向かった。

「どうして事務室に？」

「まだ解らないのかい」

アルミのドアを開けながらメルは説明する。

「私たちが駅前のカフェに入ったとき、郡家はまだ舌に火傷をしていなかった。もしそうならアイスコーヒーを頼むはずだからね。もちろんあのカフェの生温いコーヒーで舌を火傷するはずもない。ところが夕食の時にはスープを控《ひか》えるほどに悪化していた。その間、私たちと郡家はほとんどずっと一緒に行動していた。もちろん彼は何も口にしていなかった。事務室でもコーヒーに口をつける前に船岡さんに呼ばれたからね。唯一可能だったのが、私たちを客室に案内した直後だ。そして彼のズボンの尻《しり》には薄くガムがついていた。もう明らかだろ。郡家は事務室に行ってコーヒーを飲んだんだよ。火傷したということは淹れ直したんだろう。そして彼は二十分で来ると云いながら、十分遅れの三十分後にやってきた。もしかするとそこで何か起きたのかもしれない」

蛍光灯のスイッチを入れながらメルが説明する。そのままパーティションの奥の流し台に向かうと、

「さすがにカップは律儀に洗ってあるな」

落胆した様子で給湯室から戻ってくると、今度は室内を調べ回る。直ぐに何かが彼の目に留まったようだ。

「ほら。あった」

ダンジョンで財宝を発見したような嬉しげな声を上げる。

「何があったんだ？」

「ガムだよ。私が椅子になすりつけたガムだ。気づいて捨てたようだが、まだ少しばかり残っている」

直ぐに死体の尻のガムの痕を思い出す。

「じゃあ。郡家はやっぱりここに来ていたのか。そ

れで知らずに座ってしまったと」

「そうだろう。ただ、それにしては不思議なことが一つあるんだよ」

椅子は六脚あり、長方形のテーブルを挟んで右の本棚側と左の給湯室側に三脚ずつ並んでいる。今メルは左側の真ん中の椅子に手をかけていた。

「そうか!」私がエウレカなみの大声を上げると、メルは我が意を得たりと頷いたあと、

「君も気づいたようだね。昼に私が座っていたのは本棚側の一番奥の椅子だ。だが、その椅子がいつの間にか給湯室側の真ん中の位置に収っている。面白いだろ。でもこれが答えなんだよ」

得意げな笑み。この笑みは何度も見たことがある。

「もしかして、君にはもう犯人が解っているのか」

メルは軽く頷くと、

「ちょうどいい。謎解きを始めようか」

*

推理の披露を女主人の孝江が了承したことで、一通り現場検証を終えたばかりの刑事たちは、不承不承ながらメルの推理を拝聴することになった。心底不本意だろうとは思う。

「まあ、とっとと終わらせましょう」

メルはガムの件や火傷の件を手短に説明したあと、椅子が移動させられていることに触れた。

「さて、なぜ椅子が動かされたか判るかい?」

大上段から尋ねかけるが、当然、誰も知るはずがない。特に刑事たちは、現場でもなくまだ調べてもいない事務室の話をされて面喰らっているようだ。

「例えば郡家君が途中でガムに気づいて椅子を取り替えたとしよう。いくら取り除いたとしても、ガムがついていた椅子にそのまま座るのは気持ちいいものではない。一ヵ所だけでなく他の場所にもついて

いる可能性もあるしね。実際、椅子には少し残っていたわけだから、ガムの除去は後回しにして交換したわけだ。そして普通なら左隣の椅子と交換するはず。つまりガムの椅子は本棚側の真ん中に来なければいけない。だが実際は違っていた。どういうわけか反対の給湯室側の真ん中に椅子は移動していた。……では郡家君が同じ隣でも右隣、長方形のテーブルの短辺にあたる窓側の椅子を使ったとしたら」

「左隣じゃなくて、右隣？　窓側には椅子はないだろ」

六脚ある椅子は全てテーブルの長辺側に並んでいた。思わず私が異議を唱えると、

「本来椅子があるはずがない窓際に、たまたま置いてあったとしたらどうだ？」

「どういうことだ？　どうしたらそんな状況になるんだ？」

するとメルはにやっと微笑み、

「一つだけ該当するケースがあるんだ。来客があり、テーブルにつく際に椅子が邪魔になり窓側に除《の》けた場合だ。即《すなわ》ち来客が既に自分専用の椅子を持っている場合だよ」

メルカトルの挑発的な視線は、車椅子上の宮子に注がれていた。

「私が？」

怯えたように宮子が声を上げる。茶色がかった双《そう》眸《ぼう》は大きく見開かれている。

「そう、あなたは何らかの理由で事務室で郡家君と話し合いを持った。そのとき椅子は邪魔だから空いている窓側にどける。椅子にはキャスターがついているので移動は簡単だ。あとから来た郡家君は一旦座ったあとガムに気づき、窓際の椅子と取り替えて座る。そして会談が終わった帰り際に、彼は律儀に空いた場所にガムの椅子を埋める。ガムのことはあとで船岡さんに伝えるつもりだったのでしょう。これでガムの椅子の移動が無事説明できる」

「ちょっと待ってくれ」

鋭い声で話を止めたのはヴェテラン刑事だった。

「それなら椅子は被害者の真向かいに移動するだろう。給湯室側の一番窓際に。なのに向かいの真ん中に椅子が移動したと云わなかったか？」

「その通り。さすが伊達《だて》にキャリアを重ねていないね。それに比べてうちの美袋君ときたら……」

メルカトルは楽しそうに目を細める。

「では今の推理をもう少し発展させよう。ガムの椅子が給湯室側の真ん中にあったということは、宮子さんがその位置に座っていたことになる。ただそれだと少々不自然だ。郡家君と宮子さんが斜向《はすむ》かいに位置しながら話していたわけだからね。ならば郡家君の正面、宮子さんの左隣にもう一人いて、その人物が主に郡家君と話していたとしたらどうだろう？」

「つまり事務室には三人いたのか」

刑事が感心するように声を張り上げる。役を奪われたようで、私も負けじとメルに尋ねる。

「誰なんだメル、それは」

「そんな、私じゃ……」

弱々しい宮子の反論を無視しながら、メルは威厳を持って話を続ける。

「宮子さんが主犯でないことは確実です。その足では二階へ上がれないし、クローゼットに吊すこともできない。しかし逆に云うと、宮子さんが犯人と疑われないように、わざわざ手間をかけてクローゼットに吊したとも云える。となると次に、すごく自然な疑問が思い浮かびます。宮子さんの方は主犯のために何をしたのか？」

「アリバイ作りか」

腕組みしながら刑事が呟く。先を越された。

「その通り。共犯者である宮子さんが転倒した件は狂言の可能性が高い。宮子さんが襲われた十時にはその場に犯人はいなかった。となると、逆に宮子さんの襲われた時間にアリバイがある人物が犯人と考えられる」

図星だったのか、宮子の顔は青ざめるばかりでなく引き攣《つ》り始めていた。メルは一同を威嚇するように見回したあと、

「十時にアリバイがあるのは、私と美袋君、典子さん、恭介君の四人だけで他の人達にはない。徳丸君はもとより、孝江さんや船岡さんも一旦屋外に出たあと窓から部屋に戻ることはできるからね。アリバイ工作としては完璧《かんぺき》ではない。またこの中で私と美袋君は、郡家君が去ったあともずっとリヴィングにいたので、犯行の機会は全くなかった。しかし恭介君は十分前に現れ、また典子さんは途中三分ほど場を外していた」

「俺と典子姉さんのどちらかだと云うのか」

柔和な仮面を脱ぎ捨て、恭介が睨みつけると、

「どちらかではなく、君だよ。恭介君。典子さんは郡家君が事務室で密談していた時間に、ずっと私たちと話していたんだからね」

＊

日付が変わる前に全てが終わった。

二人は実の姉弟でありながら肉体関係があったらしい。それを嗅《か》ぎつけた郡家が宮子に迫ったのだ。徳丸との婚約を破棄して自分と結婚するように。律儀といえば律儀、一途《いちず》といえば一途である。

解決の興奮が醒《さ》めやらぬ中、私はメルの部屋でグラスを交《か》わしていた。メルも一杯飲まないことには眠れないようで、快くつき合ってくれた。

「じゃあ、若桜氏は姉弟の仲に気づいて君に調べさせるつもりだったのか」

「まさか」とメルはグラスを空け、再びワインを注ぐ。気を利かせて赤白の両方を家政婦から調達してきたのだが、今宵《こよい》のメルは白の気分のようだ。「さすがに身内のトップシークレットを部外者の私に頼まないだろう。それに先《ま》ず、疑念を持ったなら自《みずか》ら

当人たちに糾《ただ》すはずだ。父親なのだから。おそらく彼はあの蘭を自慢したかったんじゃないか？　意味ありげな依頼でもしないと、私が足を運ばないと思ったんだろう。だが、私を探偵と知っていた郡家はそうは考えなかった。当然だろう。そして私が調査に取りかかるまでに、ことを進めようと宮子たちに迫った」

　郡家にしても恭介と宮子にしても、藪蛇《やぶへび》になったわけだ。一番の藪蛇は中身のない依頼で状況を悪化させてしまった若桜だろうが。

「やるせない幕切れだな。もっとハッピーエンドならよかったのに」

　宮子と恭介が逮捕されたことで、典子が若桜家の後継者となるのだろう。小学校の教師の夢も諦めることになる。二人の子供が殺人犯になった孝江に婚約者が共犯者だった徳丸。誰もが不幸になった。いま沖縄の夜の店で機嫌よく呑んでいるだろう若桜がこの報を受ければ……考えたくない。


「贅沢云《ぜいたく》うな。君が解決したわけでもあるまいし。殺人事件なんてそんなものだ。冴《さ》えないんだよ」

　アンニュイな笑みを浮かべながら、メルはグラスに口を付ける。

「冴えない、といえば。今回の君はあまり冴えなかったな」

　普段はメルの推理に論評したりはしないが、アルコールのせいもあって、思わずもやもやを吐《は》き出す。

「聞き捨てならないね」

　グラスをテーブルに置き、メルが問い返す。少しだけ声のトーンが下がった気がした。

「そうじゃないか。君がたまたまガムを椅子になすりつけたから犯人が解ったようなものだろ。ラッキーだったな。それともこうなることが解っていてガムを捨てたとは、さすがの君も云わないだろ」

　口にしながら段々と自分が恐ろしくなっていた。メルがあまりにも泰然としていたためだ。彼ならありうるのかもしれない……そう信じさせるほどに。

たしかに彼がガムをくちゃくちゃ噛んでいるところなど、今日初めて見た。それだけではない。今日の彼は他にもいくつか変なところがあった。部屋で典子を呼び止め、郡家が戻るまで無駄に長話をしていた。そのため彼女のアリバイが成立した。またリヴィングでは徳丸と不自然な口喧嘩《くちげんか》をして彼を激昂《げきこう》させ追い出した。そのため徳丸のアリバイがなくなり、逆に容疑の圏内から外れた。また温室で蘭に熱中するあまり、夕食に遅れそのまま食堂に行くことになった。ずっと郡家と離れなかったため、彼が火傷をした時刻を絞り込むことができた。

それらがなければ……ここまで迅速《じんそく》に犯人たちを特定できなかったはずだ。理性も感情も、全てが呑み込まれていくような感覚。これは断じてアルコールのせいだけではない……はずだ。

「私は銘探偵故に常に囁かれているんだよ。それは神かもしれないし、他の理外のものかもしれない」

メルカトルとは思えない、地の底から響くような深く落ち着いた声だった。

「……ちょっと深酔いしたようだ」

私はよろめきながらなんとか立ち上がると、壁を伝い自分の部屋へ戻った。

後ろを振り返ることなく。

# メルカトル・ナイト

# 1

「命を狙われているかもしれないんです」

閨秀《けいしゅう》作家として有名な鵠沼美崎《くげぬまみさき》がメルカトル鮎の事務所を訪れたのは八月も半ばのころだった。

地球温暖化が叫ばれるさなか大阪も例に漏れず酷暑で、盆を過ぎてもなお真夏日が続いていた。射るような陽光とエアコンの室外機から吹き出す熱風が混じり合い、陽炎《かげろう》が立ちこめ視界がぐにゃりと歪みそうな町並み。最寄り駅から冷房が効いたメルカトルの事務所まで、私は這々《ほうほう》の体《てい》で辿り着いたのだが、昼下がりに現れた美人作家は、汗一つかいていなかった。

文学賞に何度もノミネートされたことがあり、時折り雑誌や新聞でインタビューを見かける神戸在住の人気作家。愛車の真っ赤なポルシェとともに写っている記事を見たことがある。今日も事務所の前まで、颯爽《さっそう》と乗り付けてきたのだろうか。

〝美人作家〟というのは私個人の下世話な評価ではなく、彼女に対するマスコミなどでの常套句《じょうとうく》だ。もちろん私の目から見ても、鵠沼美崎は美人だった。

小麦色の健康的な肌に目鼻立ちがはっきりした顔。茶色のショートカットの髪、白いシャツに赤いパンツという格好。女性的というよりも、ボーイッシュな雰囲気を漂わせている。赤いパンツは彼女のトレードマークのようなもので、デビューした頃から一貫していた。

「先月からおかしなことが……」

応接室でメルカトルの前に腰掛けた美崎が切り出した。テレビなどで見るはつらつと輝いた笑顔が今は消え、影が色濃く差している。

彼女は主に純文学畑で活躍しているので、私のようなマイナーミステリ作家とはジャンル的にも知名度的にも縁のない人物だ。そのため当然ながら会うのは初めてだし、向こうは私の存在すら知らなそうだ。

メルは以前から知っていたのか、前日の依頼の電話を受けてから調べたのかは知らないが、

「著者近影よりお綺麗ですね」

と珍しくおべっかを使う。美崎はまんざらでもない様子ではにかむ。

彼女が二十一歳で新人賞の佳作でデビューした頃は同じく本賞を受賞したもう一人と、二大美女作家として話題になったものだ。それぞれタイプが異なり、美崎が健康的で陽性。もう一人——藤沢葉月《ふじさわはづき》——は物静かで神秘的な印象だった。

美崎が時折り雑誌やテレビで姿を見るのに対し、葉月のほうは知名度に比して露出が少なかった。かといって引き籠《こ》もりの覆面《ふくめん》作家というわけではなく、有名な文学賞を受賞する度に授賞式に登壇したり、出版記念のサイン会の様子はファンがＳＮＳで報告したりと、普通に作家としての活動をしている。あくまで本業以外でも華やかに活動している美崎と比較しての話だ。

その意味で二人が重なりあうところは作風も含めて少ないのだが、デビューしてから七年経った今も比較されている。それだけデビュー当時の鮮烈なインパクトが大きかったのだが、おそらく二人とも同じ関西在住というのもあるだろう。葉月はたしか関空の近くに愛犬と住んでいた。

もちろん私は藤沢葉月にも会ったことはない。

「それで、具体的にどのようなことが？」

シルクハットを脇に置いたメルカトルが先を促す。美崎は一瞬ためらいを見せたが、

「トランプが送られてきたんです。赤い封筒に入って。中にはダイヤのＫ《キング》が一枚入っていただけでした」

「ダイヤのＫですか」

「そして翌日にはダイヤのＱ《クイーン》。その翌日にはダイヤのＪ《ジャック》が。毎日封筒で送られてくるんです。それ以外

にはなにもなくトランプだけが」

「カウントダウンですか。でもどうして真っ赤な封筒にダイヤなんでしょう」

静かな口調でメルカトルは尋ねる。彼の視線は美人作家の真っ赤なパンツに注がれていた。答えは出ていると云わんばかり。ただ、長年のつき合いで解るが、彼はまだ本格的に依頼に興味を持っていないようだった。

「解りません。赤が私のイメージカラーだからかもしれません」と美崎は首を横に振った。「ダイヤはAまで続いて、その翌日にはハートのKになったんです。そして次の日にはハートのQが」

「ダイヤからハートにチェンジしてカウントダウンですか。それで送られてきたトランプは持っていますか？」

少し興味を抱いたように見える。

「はい」と美崎は小さなタッパーを差し出した。

「今朝送られてきたハートの4までの二十三枚が中に入ってます」

蓋を開けトランプを手にしたメル。裏には天使が自転車に乗っている絵が描かれている。よく見る絵柄のトランプだ。彼は十秒ほど仔細《しさい》に観察していたが、

「トランプそのものは何の変哲もないようですね。封筒の方は持ってきていますか」

美崎はバッグから紙袋を取り出した。はがきサイズの赤い封筒が十枚ほど入っていた。最初の頃は封筒は捨てていたので、これだけしか残っていないという。

封筒には宛先《あてさき》と美崎の名前だけが活字でプリントされていた。宛先はどれも同じホテルの名前。裏返しても差出人の氏名はない。

「ホテルにお住まいなのですか？」

メルカトルが尋ねると、

「八月に入ってすぐ、リゾートホテルに仕事場を移したんです。最初はいたずらかもと無視していたの

ですが、ホテルに移った翌日から封筒が、自宅ではなくホテルに届くようになったんです。それで怖くなって……」

怯えるように美崎はメルカトルを見る。

「なるほど。和歌山の白浜にあるリゾートホテルなんですね」

封筒の宛先を見ながらメルが確認する。

「消印はみな大阪市北《きた》区の中央郵便局ですか。前日の午前中に出せばぎりぎり届くかもしれないが」

北区の中央郵便局は大阪駅と大阪市役所の間にある郵便局で、当然ながら集配量は莫大《ばくだい》だ。

「ホテルに移ったことは誰が知っているんですか？」

「それが」と美崎は口籠もった。「ここ数年は毎年行っているので、知人や各社の担当編集者は知っていると思います。ホテルの部屋も来年の分も既に押さえてもらっているくらいですし」

「つまり、あなたに近い人ならみな知っていると。あなたのファンとかは？」

「夏にリゾートに出かけることはエッセイで書いたことがありますが、具体的な場所や日時、そして毎年同じホテルということまでは普通は知らないはずです」

「なるほど。困惑の原因がようやく摑めてきました。差出人はおかしなファンとかではなく、あなたの身近な人間である可能性が高いわけですね」

「そうなんです。でも心当たりが全くなくて」

美崎は顔を伏せた。

「本当に？　赤い封筒やトランプの意味も？」

メルカトルの問いに、静かに首を横に振る。

「もう少し具体的な脅迫文なら私もピンときて対処できたかもしれませんが、本当に雲をつかむような状況で……」

「たしかにこれでは犯人の本気度が量れませんからね。ふつうわざわざ脅迫文を出したりするのは、対象が怯えたり恐れたりするのを期待してのことでしょうが、なにぶん中途半端だ。現にあなたも殊勝《しゅしょう》な態度のわりには、そこまで怖がっていないように見えますし」

「さすが探偵先生です」

美崎は白い歯をこぼれさせる。齧歯《げっし》類のような白く大きい前歯だった。

「訳もわからず一方的に脅されるのは、私、好きじゃないんです」

意外と負けず嫌いな性格なのだなと、彼女の横顔をぼんやりと眺めていると、不審げに睨みつけられた。慌てて視線を逸《そ》らす。

「是非とも一矢報いたい、やりこめたいと。それで、私に調査を？」

メルカトルも口許を綻ばせる。どうやら依頼内容が彼の好みに合致してきたようだ。

「もちろん調査もお願いしたいのですが、一番の理由は三日後にハートのAが届きます、きっと。その夜が心配で」

「当然です。赤の封筒に赤のマーク。あなたのイメージカラーも赤。ハートのAがカウントダウンの最後になる可能性が高いですからね」

「幸い、ホテルの部屋は一つ空きがあって、そこに泊まっていただけるはずです。ホテルには私から伝えておきますから」

「解りました。三日後にお伺いします。それまではこちらで調べておくことにしましょう。封筒とトランプを預からせてもらっていいですか」

「はい。お願いします。メルカトル先生に来ていただけたら一安心です」

ほっとしたように美崎は笑った。先ほどまでと違い心から安堵しているようだった。一気に緊張がほぐれた表情になる。

「とはいえお気をつけください。カウントダウンが犯人の都合で変わることもないとはいえませんから」

メルカトルは釘を刺すのを忘れなかった。

「はい。その時はすぐにお報せします」

訪問時より軽やかな足取りで事務所を去る鵠沼女史を見送ったあと、私は尋ねた。

「なあ、メル。君に依頼したことを知って、犯人が決行を早める可能性はないのか？」

「全くないとは云いきれないが、まずないだろう」

人差し指でくるくるとシルクハットを回しながら、あっさりと否定する。自信の根源が知りたくて理由を尋ねると、

「他人に相談されて困るなら、そもそもカウントダウンなどという真似はしないからだよ。特に日にちを区切るようなことはね。怪盗の予告状と同じで、その日だけ警戒すればいいはずだ」

「だからその裏をかくために……」

「トランプを送らなければ彼女は何も警戒していなかったんだ。何をするにしてもたやすく遂行できただろう。わざわざ注意を喚起しておきながら、その裏をかくというのは、二度手間だと思わないかい」

「じゃあ、絶対に三日後に何か起きると。……もしかしてただのいたずらで犯人は何もしないとか」

それにもメルカトルは首を横に振った。

「希望的観測すぎるね。犯人は行動を起こすよ」

「どうしてそう云いきれるんだ」

「トランプによるカウントダウンでは漠然としすぎて警察は動かないと期待しているからだ。本当に脅すなら殺害予告をすればいい。それなら美崎さんも更に怯えるし、警察も動かざるを得ないだろう。ただのいたずらで実行する気がないのなら、なおさら予告は過激になるはずだ。どれだけ警察や機動隊、さらに自衛隊までが結集してホテルの警護を固めようとも、決行しなければ同じだからね。それを避けたということは、何らかの実行の意思がある」

「もし最新の科学捜査で犯人がばれたとき、いたずらだったと云い逃れするためでは？」

封筒もトランプも変哲のないものだ。しかし印字の特徴からプリンターやPCの機種が割り出された

り、切手を貼るときに唾液《だえき》や指紋を間違ってつけていたり、町中に張り巡らされている監視カメラに投函《とうかん》する姿が映り込んでいたり。たまたま正体がばれる可能性が皆無《かいむ》とは云えない。

「その可能性もなくはない。しかし犯人が知人だとすれば、法的には云い逃れできても、彼女にそれが通用するかどうか。あの様子だとすっぱり縁を切られるだろうな」

## 2

三日後の午後、私とメルは白浜を訪れた。駅には件《くだん》の真っ赤なポルシェで、美崎が迎えに来てくれた。道すがら美崎が簡単な観光案内をしてくれる。あれは円月島《えんげつとう》、あれは白良浜《しららはま》と。

今朝にハートのAのカードが届き、いよいよカウントダウンの完了日という割には、彼女は朗《ほが》らかだった。事件を重く見ていないのか、メルカトルがいるため安心しているのか、それとも空元気なのか。私には判らない。

やがてリゾートホテルが見えてきた。南紀《なんき》白浜といえばパンダの他に、高さ六十メートルの断崖絶壁《だんがいぜっぺき》が二キロも続く三段壁《さんだんべき》が有名だが、このリゾートホテルも似たような切り立った崖の上に建っていた。豪奢なホテルの入り口まで、波が岩で砕《くだ》ける音が聞こえてくる。

美崎の住処《すみか》はホテルの最上階、七階の端の部屋だった。リゾートホテルの名にふさわしい間取りの広い各部屋の中にあって、七階はひときわゆったりとしたスイートルームになっていた。

丸天井からシャンデリアがぶら下がるリヴィングのほかにベッドルームが二つ。バーのカウンタのようなおしゃれなダイニングキッチン。私ならあのダイニングキッチンの部分だけで、余裕を持って暮らせそうだ。間取りとしては2LDKになるのだろうが、想像する2LDKの倍の広さは優にある。

ホテルの一階には露天温泉があるようだが、スイートルームには当然のように掛け流しの内風呂が設《しつら》えられていた。ガラス張りの一枚窓で、キラキラと乱反射する太平洋の水平線が遠くに見える。西向きなので、あふれ出る湯船の湯と遠方の水平線が一体化した日の入りが、とても幻想的で美しいとのこと。

「それがあってここを毎年借りているんです」

「さすが一流作家は違いますね」

メルが褒めそやす。私に対する皮肉も混じっているかもしれないが、あまりに差がありすぎて彼女に嫉妬《しっと》する気すら起こらない。嫉妬というのは近ければ近いほど強く激しくなる。

「そんな、一流作家なんて。そういうのは賞の一つもとったあとで認められるものですから」

美崎が謙遜《けんそん》する。

「いやいや一流作家とどんどん名乗ればいい。そして優雅な生活をもっと公開すればいいんですよ。後進に夢を与えるためにもね」

「孤高の探偵とは伺っておりましたが、やっぱりメルカトル先生は変わった方なんですね。そんなことをすれば夢を与えるどころか同業者に厭味な女と思われるだけです」

「いまさら同業者を気にしてどうするんですか。作家として大成されているというのに」

意外そうにメルカトルは片眉を上げた。

「そこの美袋君なんて何一つ得ていないのに日々堂々としたものですよ」

「まあ、人は人、自分は自分ですね」

本当は堂々となんてしていられない身分なのだが、いきなり振られた以上そう答えるしかない。女性の前で格好をつけたくなるのは当然の性《さが》だ。

「ところで部屋を替えたりしなくてよかったんですか」

象が暮らせそうな室内を眺めながら、私は尋ねてみた。盆が過ぎリゾート客もピークアウトしたため、このホテルも空き室が目立つようになったとのこと。美崎のように一月ずっと借り切りというのはほとんどいないらしい。盆前ならともかく、いまなら部屋を移るのも容易だろう。

するると美崎は少しばかり目つきを鋭くして、

「部屋を移ったら、何か負けた気になるんです」

「負けず嫌いなんですね」

メルの事務所でもそう感じたことを思い出す。

「恥ずかしながら。……でもそのせいでここまでやってこれたと思います」

鵠沼美崎の本は、あのあと慌てて有名作を三冊ほど読んだが、今の彼女の言葉を反映するように強気で負けず嫌いのヒロインばかりだった。恋や信念のためには他人と衝突するのも厭《いと》わないような。

「あなたらしいですね。でもたまには肩肘《かたひじ》を張らない生き方をしてみるべきでは。あなた自身が窮屈でしょう」

珍しく人生指南のような科白をメルカトルが口にする。美崎はにっこり微笑み、

「傍目《はため》ほど窮屈ではありませんよ。それに……それが創作意欲にも繋がっていますから」

「そうだといいですが……」

メルカトルの老婆心《ろうばしん》をよそに、彼女はリヴィングに引き返すと、

「それで先生方にはこの部屋に泊まっていただきたいんです」

先述したようにスイートルームは2LDKの間取りで、そのうちベッドルームの二部屋と内風呂が西の海に面して並んでいる。美崎がいつも使っているのは左側の部屋で、隣の部屋は友人や編集者が遊びに来たときに泊まる部屋らしい。

「もちろん友人も編集者も泊まるのは女性だけですよ」

即座に彼女が注釈する。テレビなどに露出しているためか、その手の醜聞《スキャンダル》も警戒しなければならないのだろう。一番右端は内風呂だが手前に脱衣場や

洗面台などがあり、ドアはリヴィングの北側についている。

美崎が示したのはその真ん中のベッドルームだった。

「なるほど」と私は声を上げた。

私たちに隣の部屋を用意すると云っていたので、てっきり隣の番号の部屋と勘違いしていたのだ。ホテルの隣室からどうやって襲撃を防ぐのか気になっていたのだが、同じスイートルームの中なら問題ない。

照れながら私が誤解を説明すると、

「ごめんなさい、言葉不足でした。それに隣の部屋はすでに埋まっていて借りられないみたいですし」

「この部屋に泊まる友人や編集者は女性だけということでしたが、探偵はよろしいのですか」

当然の疑問をメルが口にすると、

「そこはメルカトル先生の評判を信じていますから」

「それは光栄ですね」

メルはシルクハットをかぶったまま軽くお辞儀をした。

そういえば……関西には名高い女性探偵もいるのに、どうしてメルだったのだろう？　少し気になった。探偵業界の中でも彼の名は轟《とどろ》いているのだろうか。〝孤高の探偵〟と美崎は褒めそやしていたが。探偵業界に疎い私にはピンとこない呼称ではある。

「とりあえず改めさせてもらいます」

荷物一式を部屋に放り込んだ私が戻ると、メルは彼女のベッドルームに入るところだった。そそくさと私もついていく。

ベッドルームは書斎も兼ねているのか、真っ赤に彩られた木製の机の上には、ノートパソコンの他に分厚い資料本が山積みされていた。ちらとタイトルを覗き見すると、和倉《わくら》温泉や七尾《ななお》城《じょう》、花嫁のれんや能登島《のとじま》に関する資料が目立った。能登を舞台にした話でも書くのだろうか。あまりじろじろ見てスパイと疑われても困るので、メルカトルに続いてベランダに出る。両開きのフランス窓で、ベランダは隣のベッドルームと共用ではあったが、間仕切り板で往来ができないように区切られていた。

胸の下まであるベランダの手摺《てす》りから身を乗り出すと、穏やかな太平洋が一望できた。遮るガラスがないぶん、内風呂よりも輝度が高く、反射光が目を突き刺してくる。左右に目を向けると数十メートルに亘《わた》って断崖が海岸線をなしている。白浜の見所の一つだ。

真下はといえば、ホテルの敷地内の散策路と青々とした芝が見える。建物から断崖までは十五メートルあまり距離があるが、七階からだと廊下程度に見え、そのまま海まで転落しそうに錯覚してしまう。

左の部屋からも同じようにベランダが突き出ている。二メートル近い距離だろうか。

メルカトルは隣のベランダを見たあと、カーテン越しに照明が点いているのを確認して、

「たしかに誰かが泊まっているようですね」と呟いた。

ついでメルは上を見る。最上階なので上にベランダはなく雨避《あまよ》け代わりに屋根の軒が突き出ている。

「上から忍び込むことも難しそうですが、今夜は絶対にベランダに出ないでくださいね。絶対にですよ」

美崎に何度も念押ししている。メルカトルの口調が真剣になったので、美崎も神妙な面持ちでつられるように頷く。

「急にお仕事モードになられたんですね」

「探偵としては、あらゆる不安を排除しなければいけませんからね。あくまで念のためです。それに、そこにいる美袋君が、あなたの色香に惑わされて悪さをするかもしれない」

メルカトルが柔和な口調に戻ると、美崎も笑いながら、

「こう見えても運動神経には自信があります。子どもの頃から男子より体育の成績がよかったんです

よ。美袋さん相手なら大丈夫です」

少し慣れてきたのか、二人で私をいじりにかかる。

たしかにシャツやパンツからすらっと伸びた手足は、細いながらも引き締まっている。作家には私のように不規則な生活リズムで生命力を消耗するタイプと、その反動で過剰に健康維持をはかるタイプがいる。彼女の場合は後者に属するかもしれない。雑誌やテレビという媒体で人に見られることを始終意識するせいもあるだろう。単なるスポーツジムだけでなく格闘技系も織り込んでいたとしたら、まあ言葉通り私など相手にならないだろう。

もしかすると、美崎が思ったほど怯えていないのは、体力的な裏打ちがあるせいかもしれない。トランプを送りつけるような陰湿な犯人程度なら一人でも対応できると。

ベッドルームに戻ったメルカトルはウォークイン・クローゼットを確認した。美崎のベッドルームで人が隠れられそうなのは、ベッドの下とクローゼットの中くらい。どちらも人影はない。

ただウォークイン・クローゼットの天井には天井裏へ続く入り口が設けられていた。

「ちょうど脚立《きゃたつ》がある。これで調べてくれないか」

クローゼットに立てかけられていた折りたたみの脚立を指さして、メルが指示する。高さ一メートルあまりの真新しい脚立だが、アルミ製かと思えば意外と重い。鉄製の伸ばせばはしごになるタイプのようだ。

天井を調べたが、入り口はロックされて開かない。

「それなら大丈夫だろう。いかに高級ホテルといえど天井裏を歩けば、さすがに足音が立つだろうし。それよりこの脚立、使い勝手がいいね」

メルカトルは重そうに持ち上げると、クローゼットから取り出しちょこんと座った。普通の脚立より足を掛ける踏み桟の部分が広いため、ちょっとした椅子代わりになる。

「座る場所も広いから、寝ずの番にちょうどいいな。背中を預けた姿勢も無理がない」

タキシード姿で鉄製の脚立に座る姿はユーモラスであったが、彼はいたって真面目だった。すっくと立ち上がると、

「今晩、これをお借りしてもいいですか」

突然の申し出に美崎は困っていたようだが、

「あなたのためです」

と強気に出られ、なおかつ返答する前に持ち出されたので、彼女も認めるしかなかった。

よりによって奇人探偵のメルカトルに依頼したことを、後悔し始めているかもしれない……困惑する美崎の表情が強く物語っていた。

私たちのベッドルームに脚立を置いたあと、メルカトルはカバンからトランシーバーのようなものを取り出した。私に押しつけると、

「これで盗聴されていないか調べてくれ」

「僕が？」

「君の仕事だろ」

有無を云わせない口調。こうなったら逆らっても無駄だ。私は使い方を聞き玄関から物入れ、トイレに至るまですべてを調べ回った。しかしセンサーはピクリとも反応しない。

「盗聴器はないようですね」

二十分後、私が結果を伝えると、メルカトルは自分で調べたかのように美崎に向けてそう云った。今までのやりとりでコツが解ってきたのか、美崎もメルカトルにありがとうございますと礼を述べた。とんだ悪ノリだ。この二十分間、メルカトルは美崎とにこやかにティータイムを楽しんでいただけなのに。

たいした労力ではなかったが、どういう結果になっても、この事件は絶対に小説化させてもらうと心に決める。ヒロインの名前は……そうだ片瀬江ノ子《かたせえのこ》とでもしておこう。

固く誓ったのだが、直後に彼女がこっそりと私に向かってお辞儀してくれたので、考え直すことにした。

＊

そうこうしているうちに夜が訪れた。夕食を終えたのは夜の八時。いつもはホテルや近くのレストランで夕食をとるらしいが、今日は慎重を期してルームサービスになった。

食べに出ている間に盗聴器をしかけられたら元《もと》の木阿弥《もくあみ》、私の二十分が水泡に帰《き》すからだ。

ルームサービスと云っても通り一遍ではなく、ホテルに入っている和食店で作られた、クエを中心とした刺身の盛り合わせや小鍋《こなべ》など、舌鼓が途切れず痙攣《けいれん》を起こしかねない豪勢な料理だった。これだけでもメルに付いてきた甲斐があったくらい。

そのあと美崎が内風呂に入り、髪を乾かしたりして服を着替えて姿を見せたのが九時前のこと。パジャマだろうか。昼間よりも幾分ラフな格好だったが、それでも赤のパンツ姿なのは変わらない。

「メルカトル先生、お酒は飲みますか」

ショパンのピアノ曲をBGMに、リヴィングの隅に置かれたワインセラーからボトルを一つ取り出す。赤ワインだった。銘柄《めいがら》は知らないがおそらく年代物なのだろう。

「いただきます」と素直にグラスを受け取る。てっきり断ると思ったので意外だった。

「美袋さんは」

「彼はこれから寝ずの番なので結構です。いわば労働担当ですね」

そう決めつけられれば、従うしかない。クエのフルコースの代償と思えば安いものだ。しかしいつから寝ずの番が私一人に決まったのだろう？

「鵠沼先生は？　かなりの辛党《からとう》なんでしょう。ワインだけでなく、いろいろと嗜《たしな》まれるようだ」

吊り戸棚からグラスが逆さまにぶら下がるワインバーのようなキッチンを見ながら、メルカトルが尋ねる。キッチンの奥の棚にはブランデーがずらっと並んでいた。

「私もいいです。さすがに心配なので。眠っている間に襲われたら大変ですし」

わざとらしくちらっとこちらを見る。誰に襲われると？

「しかし」とメルカトルは話題をそらした。「先ほど資料の山を拝見しましたが、リゾートホテルに来てまでお仕事ですか」

「仕事をしないと落ち着かないんです。ワーカホリックかもしれません。さすがに今日は休みますけど」

「リゾートの本分は〝好きにする〟ですからね。仕事が好きなら仕方がない。しかし富も名声も得て、何があなたにそうさせるんですか」

やけに饒舌だなと思ったが、気づけば彼のワイングラスは、あっという間に空になっていた。もしかしてメルは犯人が襲ってこないと高をくくっているのでは？　そんな気さえしてくる。

「もし今夜、何もなければどうなるんでしょう」

「可能性としては、明日にクラブのKが送られてくるかもしれません」

「じゃあ、また二十六日も苦しまなければならないんですか」

「時間に余裕があるならば、対処する方法はいくらでもあります。その意味ではもっと早く相談に来ていただけたらよかったのですが」

「すみません」美崎がうつむいた。「どこまで本気にしていいか迷っていたものですから」

「まあ、トランプのカードだけでは、それが普通の反応です。あなたが悪いわけではない。ただあなたは普通の人よりも決断力に優れているように見受けられます。あなたの恋愛小説を拝読してそう確信しました。だから残念なだけです」

少しばかり風が強くなってきたのだろうか。この部屋は角部屋のため、キッチンの端にも小さな突き出し窓がついている。その窓が風圧でカタカタと音を鳴らしていた。

「すみませんが、恋愛小説という表現は私は好きではありません」

「ほう」

手酌《てじゃく》したワインをゆらりゆらりと回している手を止める。

「他の人は知りませんが、私は女性小説を書いているだけです。その一断面が恋愛であるだけで……。恋愛小説というと、まるで女性のウェイトのほとんどが恋愛にかかっているようで」

「しかし鵠沼先生の小説の主人公は、恋愛のウェイトが大きいように見えますが」

「はい。登場人物は恋愛に翻弄《ほんろう》されます。しかしその背後には生という更に大きな問題が控えています。インタビューでいつも答えているのですが、私が書いているのはラブロマンスではなくビルドゥングスロマンです。デビューした頃から一貫して。いまは同世代の悩みなども書き始めていますが、主人公が克服するのはあくまで生の諸問題です。この社会で居場所を見つけるための」

美崎の言葉は熱を帯びてきた。メルカトルに対する口調もやや強いものになる。

「それは申し訳ない。不見識を謝罪します」

メルカトルはシルクハットを脱いで頭を下げると、

「ただ私が見た雑誌では、藤沢葉月さんと並んで恋愛小説の旗手《きしゅ》と紹介されていたもので」

「藤沢さんは恋愛小説の優れた書き手です。愛のために社会を捨てられるような。でも私が書いているのは女性小説で、二つは似て非なるものです。なのに……」

地雷を踏んだのがすぐに察せられた。デビュー時から意識していた同世代のライヴァル的存在。一緒にされたくない部分もあるだろう。

泥水をすすっているこんな私にも、ひとりいるくらいだ。成功者ならなおさらだろう。

「すると雑誌のミスなわけですね。これだけ訴えてもまだ間違える編集者がいるとは、この業界も大変なんですね。……しかし若い頃は恋愛は大きな要素ではありませんか？」

柳に風とばかりに、メルはグラスを傾けた。飲み干したことを知ると「失敬」と断り再び注ぐ。美崎は冷ややかな眼差しで一連の所作を眺めていたが、

「たしかに恋愛は大きな要素です。私も翻弄され視野狭窄になった時期もありますし、それを包み隠さず小説にしました。でもその先が大事なんです。経験を糧《かて》にして目指すべき先が。必ず何か得られます」

「なるほど、勝ち続けてきたあなたらしい勝者の美学なわけですね。私も勝つことは好きですから、応援しますよ。しかしたまには負けるのもいいかもしれません。探偵と違い、負けても命までは取られないでしょうから」

「負けて得るものがあれば、それは最終的には勝ちではないですか？」

美崎もムキになってきたようで、一滴も酒を飲んでいないのにヒートアップしている。

「なるほど。前向きで素晴らしいお考えです。そこの美袋君に爪の垢《あか》を煎《せん》じて飲ませてあげたいくらいだ」

一触即発の場面にいきなり放り込まれた。一番面倒なときに……いや、緩衝材として私が必要とされているのだろう。そう前向きに考えることにした。

「僕は勝ち負けより、彼から小説のネタを拾えればそれでいいだけです。あえて云うなら、本が出せれば僕の勝ちですから」

「わかりやすくて素晴らしいですね」

美崎が微笑む。それがメルの気にくわなかったのか、

「どこが素晴らしいか」と反駁《はんばく》した。「美袋君は私のすべてを活字にしてしまいますからね。イナゴですよ。あなたも気をつけた方がいい。先ほどの発言も尾ひれがついて活字になってしまうかもしれない」

「まさか。そこまで不躾な人間じゃないですよ。これでも口は固いほうですから」

即座に私は否定した。

「私が活字にする側からされる側に。それは面白いです。美袋さんの前ではなるべく淑女にふるまわないと。……もう手遅れかな」

場が和んだことを契機として、話は再びトランプへと戻っていった。

「もし今夜何もなくて明日クラブのKが送られてきたら……先ほど二十六日もと云われましたが、スペードのAのあとにジョーカーが送られてくる可能性もあります。そうなると二十七日です」

「たしかに」

意表を突かれたように声を上げる。

「今は前提条件が乏《とぼ》しすぎていくらでも推測が可能な状態です。とはいえずっと待つ必要もない。来週あなたが別の地方の別のホテルを予約する。その情報を友人や編集者に教えるのですが、例えばその相手が十人いたとすれば、十ヵ所のホテルを予約しておき、相手によってホテルの名前を変えるだけで、誰が送ってきたか判明します。もちろんその友人同士の会話で宿泊場所も出てくるでしょうから、すべてがうまくいくとは限りませんが」

「名案ですね」

すっかり機嫌を直した美崎が、掌《てのひら》を合わせて喜ぶ。

「ともかく必要なのは時間です。そのためには今日は何も起こさないことです。もし今日が失敗すれば犯人も考え直すかもしれない。そうなればウィン・ウィンです」

「探偵さんというのは犯人のことも考えるのです

か」

「依頼人の安全が第一ですが、未然に防げるならそれに越したことはないです。一つ事件が起きるたびに、誰か一人は確実に不幸になってしまうわけですからね」

美人の前で格好をつけたいのか、メルは似合わない人道的な発言を繰り返す。それも真剣な面持ちで。知らない間に出家でもしたのだろうか。それともアルコールのせい？

「一歩とどまらせることも銘探偵の職務ですよ」

少し呂律《ろれつ》が怪しい。見ると何度も手酌したため、ボトルのワインが半減していた。やはり先ほどの徳が高い発言はアルコールのせいのようだ。

「おい、メル」と窘《たしな》めようとしたが、メルは構わず、「トランプと云えば不思議なことがあるんです。トランプのマークの順序をご存じですか」

「スペード、ハート、クラブ、ダイヤじゃないのですか」

「黒と赤が交互でバランスはいいですが、答えは違います。スペード、ハート、ダイヤ、クラブです」

「そうだったんですか」

「面白いでしょ」

何が面白いのか私にはとんと解らないが、メルは楽しげににやっと微笑む。

以降、四つのマークの由来や、J《ジャック》、Q《クイーン》、K《キング》十二人のモデルや持物など、事件とは関係がないただの蘊蓄《うんちく》が始まった。美崎も無下にあしらえない様子でテンション低く相づちを打っている。こんな探偵で大丈夫かと、メルカトルの技量に不安を覚え始めたのかもしれない。しかしこんなに絡み酒だったとは。私も呆れていた。

夜も更けて十一時に近づく。外はいつの間にか雨に変わっていた。予報ではずっと晴れのはずだったので、ゲリラ豪雨かなにかなのかもしれない。雨脚が強くなりキッチンの窓を激しく打ち始めたところで、ようやくメルの講釈が終わった。雨音で我に返ったのかもしれない。

「失礼しました。そろそろお開きとしましょうか。今晩は十分お気をつけください」

「はい。それではよろしくお願いします」

講釈を聞き疲れたせいなのか、溜め息をつくように美崎は答えた。今までのはつらつとしたオーラは欠片《かけら》もなく、猫背気味に自分のベッドルームへと戻っていく。

私もメルと一緒にベッドルームに向かった。

「扉を少し開けて、リヴィング全体を見張るように」

そう指示するやいなや、ベッドに大の字になり寝息を立て始めた。あらかじめエアコンがついていたので涼しくなっている。寝るにはちょうどいいだろうが……あまりに無責任な気がしてきた。依頼を受けたのはメルだろうに。

とはいえ、女性一人の命がかかっているかもしれない今、責務を放棄するわけにはいかない。一宿はこれからだが一飯《いっぱん》の恩義もある。脚立をドアの前まで持ってきて腰掛けると、隙間から真っ暗なリヴィングを眺めていた。

まもなく隣のベッドルームからクラシック音楽が流れてきた。声楽曲のようだ。歌曲ではなく大編成のバロック音楽。どうもバッハの『マタイ受難曲』のようだ。朝のバロックならぬ夜のバロックらしい。

仕事に取りかかるつもりかと思ったが、さすがに今日は手につかないはず。単なる就寝時の音楽だろう。少し騒がしい気もするが人の趣味もそれぞれだ。

だがいくら騒がしい古楽器群であっても、高級ホテルの壁一枚を隔《へだ》てて音量が小さくなっているので、いい睡眠導入剤に変貌《へんぼう》する。エヴァンゲリストの伸びやかな声が子守歌となり睡魔を呼び込みそうになったとき、突然背後から雷鳴が響いた。轟音《ごうおん》とともにカーテン越しに青白い光が射し込み、突き出し窓からもリヴィングを一瞬だけ照らし出す。

「急襲?」

焦ったが、すぐに落雷だと把握《はあく》した。雷鳴のあとは再び風と小さな雨音が淡々と聞こえてくる。こんな時にと思ったが、おかげですっかり目が覚めた。音と光が同時だったことから、落雷場所はかなり近いようだ。

雷鳴などどこ吹く風でメルカトルは静かに寝息を立てている。隣からは『マタイ受難曲』の音が依然聞こえてくる。美崎はもう寝たのだろうか?

女性なら激しい落雷に一声あっても訝しくないので、既に寝入ったあとなのだろう。対してリヴィングは真っ暗で、置き時計の針の音以外何も聞こえてこない。万が一、玄関や突き出し窓が開けられてわずかな光でも射し込んだときに対応できるように、すべて消灯してあるのだ。

闇《やみ》というのは不思議なもので、こちらが動かないと向こうから迫ってくるように感じられてしまう。闇の中から何かが襲ってくるのではなく、闇そのものが襲ってくる感じ。静寂が追い打ちを掛ける。

背後にはメルカトルがいるが、隣の部屋に美崎がいることも心強かった。本末転倒だが、たとえ賊が侵入しても、三人いればなんとかなる。

今のところ万事平和といったところだ。夜中に一人目を凝《こ》らしている私を除いては……。まあ、仕事柄この時間は起きていることがほとんどなので、人選としては間違っていないのだが。

とはいえ、やはり音楽は子守歌に転換しやすい。イエスの死を嘆《なげ》き悲しむ使徒の声も、小鳥のさえずりのように聞こえてしまう。そのたび瞼が重くなる。無音のほうがまだ感覚が研ぎ澄まされたかも。人間の耳が意識して閉じられない理由が判った気がした。

闇と聴覚との戦い。

それから何度夢と現《うつつ》を彷徨《さまよ》っただろう。いや、自分では起きていたつもりだが、もしかすると一瞬寝落ちしていたかもしれない。なにせ時間の連続性を把握できるのは音楽だけなのに、それが最大の元凶だからだ。

やがて朝の日差しが、背後のカーテン越しに伝わってきた。

時計を見ると五時半だった。さすがに寝ずの番は疲れる。『マタイ受難曲』は三度目のループに入っていた。CD一枚では全曲入らないので、ハードディスクに読み込ませてエンドレスにさせているのだろう。

ともかくメルに替わってもらいたい。『マタイ受難曲』を聴きながらぐっすりと眠りたい。

何も起きなかった場合、朝にクラブのKが届くのか気にはなったが、眠気が勝る。半分ほど下りた瞼で、メルカトルに交代を申し出た。

だがその瞬間、無情にも救急車のサイレンの音が窓の外から聞こえてきた。

## 3

鵠沼美崎が転落死しているのが発見されたのは、夜が明けて間もない五時半のことだった。発見者は日の出とともに散策していた宿泊客だった。八十手前の老夫婦だが、心臓が弱い夫人のほうは不要になった救急車で搬送されていった。

遺体は美崎のベッドルームのベランダの真下から南側に少しずれたところに落下していた。夜は風が強く吹いており、多少の誤差はあるものの、ベランダから落ちたと推察された。美崎はベッドルームに戻ったときと同じ衣服で、雨のせいで服も身体もずぶ濡れだった。

頭から落ちたらしく死因は転落による頸椎《けいつい》と頭蓋《ずがい》骨《こつ》の骨折で、転落によると考えられる以外の外傷はなかった。また薬物が使用された痕跡《こんせき》もなく、意識が正常な状態でベランダから落下したと考えられている。

　衣服が濡れていたことから雨が降っている最中に転落したことは確実で、気象台によると昨晩の雨は夜の二時には上がっていたので、落下したのはそれ以前となる。また警察によると死亡時刻は十一時から一時の間が濃厚らしい。

　なぜ雨の中、美崎がベランダに出たのかは判明していない。美崎のベッドルームのフランス窓の内鍵が開いていたため、何らかの誘導や強制があったにせよ、彼女自身が窓を開けたのは間違いないようだ。ただベッドルームは争った形跡も物色された形跡もなく、一報を聞いて部屋を確認したが『マタイ受難曲』がエンドレスで鳴り響いている以外は、昨夕検分したときと同じ状況だった。

「どういうことだ、メル」

　私は問いただしたが、メルは「ダメだったか」と溜息をつくばかりだ。

「ダメだった、じゃないだろ！　しこたまワインを飲んで依頼人を死なせてしまって。失態もいいところだ」

　怒りを包み隠さず私は詰《なじ》った。メルに対してここまで本気で怒ったことは珍しい。依頼を知ってから読み始めた身ではあるが、鵠沼美崎の死が文壇の大きな損失に思えたこともある。つい六時間ほど前まで、一室で私たちと語り合っていたというのに。

「どう落とし前をつけるんだ」

　メルカトルが何か答える前に、玄関のドアが開き、三十半ばくらいの私服刑事が現れた。柳《やなぎ》敦夫《あつお》と名乗った刑事は、長身でメルカトルより背が高かった。面長の顔もシュッとしている。ただ身だしなみはいまいちで、もじゃもじゃの髪が寝癖《ねぐせ》のように両側に跳ねている。その上、黒いジーンズにロングブーツといういでたち。

「君が被害者の護衛をしていた役立たずの探偵か」

　小馬鹿にするのを隠さないというか見せつけるような顔つきで尋ねてきた。刑事というより跳ねっ返りの私立探偵のような口調だ。

「一応そういうことになるね」

眉一つ動かさず平然と認めるメル。

「つまり昨夜の十一時までは一緒にいたわけだ」

和歌山にまで彼の悪名は轟いているようで、

「上層部から直々に頼まれたからしかたがないが」

と、不満げに情報を開示してくる。もちろん代価とばかりに昨晩の状況を根掘り葉掘り聞き出してきた。

依頼に失敗した探偵というイメージのせいか、

「どうしてこんなのをＶＩＰ待遇しなければならんのだ」

と、隙あらば厭味を挟んでくる。

「それにそこの三文《さんもん》作家さん」

次いで刑事の矛先《ほこさき》は私に向かった。被害者と比べれば三文の価値もないのは確かなので反論はしない。

「今の話だと、君が一番怪しいんだよ。雨の中、被害者が一人でベランダに出るとは考えにくい。つまり被害者をベランダに連れ出すには、被害者の寝室に入らなければならない。しかし君がリヴィングを見張っていたと主張する以上、それができたのは君だけになる」

「そんな！」

青天の霹靂だ。しかし長身の刑事は嵩《かさ》にかかるように巻き舌で、

「もし被害者から他殺の痕跡が一つでも出れば、君は豚箱に直行だ」

「僕はリヴィングを見張っていただけだ」

そう力説するも、

「同室のヘボ探偵はぐっすりネンネしていたんだろ。ならあんたしかいない」

メルカトルに随行して様々な事件に遭遇している手前、犯人と疑われたことは多々ある。しかしここまで頭ごなしに決めつけられたのは初めてだ。両の拳《こぶし》を握りしめ反論しようとしたとき、先にメルカト

ルが口を開いた。

「それはあまりに早計だな。拙速を尊ぶのは兵法だけにしておいたほうがいい。まず君には隣の部屋を調べることを勧めるよ。昨日部屋から明かりが漏れていたから宿泊客がいることは判っている。今も点いているしね。しかしこれだけ騒ぎになっているのに、隣から全く気配がしないというのも奇妙じゃないか」

刑事にも思い当たるふしがあったのだろう。舌打ちしながらその場を立ち去った。

その後ろ姿を見届けてから、メルカトルは無言でシルクハットをかぶり、部屋を出てエレヴェーターに向かった。一階に降り、警察やマスコミでごった返すホテルの裏口を抜ける。行き先は美崎が落下した現場だった。ホテルの西側なので、散策路や芝生全体がホテルの影に覆われている。

美崎の遺体はすでに搬送されていた。野次馬と誤解した警官が私たちを押し戻そうとする。意外にもメルカトルは抵抗せず、テープで囲まれた現場に向かって手を合わせたあと、

「私は君を護《まも》りたかったんだが」

と呟いた。虚無《きょむ》が混じった響きだった。そして警官に向き直ると、

「あ、そこの君。そこに落ちている足場板。あれは重要な物だとあとで柳刑事に教えてあげなさい」

壁面に沿って、作業員が回収し忘れたかのように横たわっている、長さが二メートル程度で幅が二十五センチほどのアルミ製の足場板を指さす。

「あれが事件と関係があるのか」

吹き荒ぶ海風の中、背を向けて立ち去ろうとするメルカトルに問いかけると、

「おそらくね。あんな細い板で。どれだけ必死だったのか」

メルはそれ以上語ることはせず、ホテルへと戻る。ロビーを抜けフロントに向かうと郵便物を問い合わせた。

美崎宛てに真っ赤な封筒が届いていた。差出人のない見慣れた封筒。開封すると、中にはクラブのKのトランプが入っている。封筒ごとメルカトルは内ポケットにしまうと、

「否《いや》が応《おう》でも明日は来るんだよ」

と呟いた。

＊

「どういうマジックを使ったんだ！」

柳刑事が怒鳴り込んできたのは、朝の十一時を回った頃だった。

「すると隣の部屋は蛻の殻だったんだな」

「ああ、宿泊者の名前は石上花子《いしがみはなこ》というんだが、住所はでたらめだった。名前も多分偽名だろう。四日前から宿泊しているが、初日以外は誰も姿を見かけていない。マスクにサングラス、長い黒髪に鍔《つば》の広い帽子と、真夏なのに手足の先まで覆った服装。怪しさ満点だが、宿泊料を前払いしていたので詮索しなかったらしい。従業員はむしろ自殺を心配していたそうだ。石上の部屋からは指紋は検出されず、ただ、クローゼットに黒いジャージの上下と靴が残されていた。どういうことなんだ」

「答えは出ているんだろう？」

メルは先を促す。柳は難しい顔つきのまま、

「石上を名乗った女が……女装した男かもしれないが、隣のベランダから足場板を渡して、被害者の部屋のベランダに忍び込んだのだろう。あの板はホテルの隣の取り壊し中のコテージから盗まれたものらしい。そして被害者を突き落としたあと、部屋に戻った。使った板も下に落としておく。話は通る。しかしどうして被害者は助けを求めず窓を開けたんだ。それに部屋に残されていた黒のジャージは全く濡れていなかった。靴もだ。被害者が突き落とされたのは雨が降りしきる最中《さなか》のはずだ。気象台にも確認した。いくら軒があるとはいえ、全く濡れずに隣

# 令和になっても面白い
# 昭和ミステリの名作、復刊！

イラスト：Q-TA

## 担当編集者より

# 「昭和の名作、読み忘れていませんか?」

日本の「ハードボイルド」「アクション」の先駆的作品である本書。昭和36年連載開始ゆえに描かれる社会風俗は当時のものですが、現代に通じるアイデアに溢れています。爽快なスピード感で描かれた主人公と殺し屋たちの攻防や謎解きを、身構えることなく読んでみてください。理屈抜きに楽しい作品だと感じていただけるはず。**ミステリファンに強くおススメしたい名作です。**

## 【あらすじ】

天才科学者・桔梗信輔が発明した奇抜な殺人方法を闇に葬れ！　息子の信治は父の死後、出羽の山中から東京へと向かった。目指すは父から技術を伝授された10人を超える殺し屋たちの抹殺。奇想天外な武器を操る者たちに、悪事に無縁の青年はどう立ち向かうのか？

## 【日下三蔵氏ミニ解説】

岡本喜八監督が惚れ込んで「殺人狂時代」(1967年)として映画化したことでも知られる国産アクション小説の金字塔、久しぶりの復刊です。翻訳ミステリの編集者として007シリーズの原作小説を日本に初めて紹介した都筑道夫は、その本質を「大人の紙芝居」と表現しました。日本を舞台にその面白さを再現することをねらって書かれたこの作品には、攻撃と反撃《アタック&カウンターアタック》のアイデアが惜しげもなく投入されていて、まるで読み始めたらやめられない「活字のジェットコースター」のようです。謎解きの面白さと冒険活劇の面白さを一冊で堪能できる贅沢な大人のためのエンターテインメントを、ぜひ手にとってみてください。

のベランダまで渡ることは無理だろう。すると犯人は凶行時にジャージを着ていなかったことになる。なら、なんのために準備し、どうしてホテルに残していったんだ」

「ほう」

とメルは目を細めた。

「案外、鋭いんだな、君は」

「ドジ踏んだ探偵が何を偉そうに」

「私は死を防げなかったが、失敗はしていない」

意外な言葉を口にした。ただの負け惜しみではなく、表情は冷静そのもの。むしろロボットのように、何の感情も浮かんでいなかった。刑事はギロとメルを睨むと、

「どういう意味だ？　責任回避でもするつもりか」

「考えてみたまえ」メルは大きく足を組み替えると、「彼女がこのホテルに来たのは八月の頭。そして私に依頼したのは盆を過ぎた八月半ば。そのときトランプのカードはハートの4だった。つまりこのホテルに来て初めて受け取ったカードは逆算してダイヤの5くらいになる。最初はいたずらと考えていた彼女も、宿泊先にまでカードが追いかけてくるに及んでさすがに怯えていた。至極当たり前の反応だ。しかし……不思議に思わないかい？　そんなに怯えているのにダイヤのAには反応していないんだ。赤がイメージカラーの彼女にしてみれば、ダイヤだろうとハートだろうと赤いマークがカウントダウンされホテルにまで追いかけてくれば恐怖するはずだ。先ずダイヤの2の時点でピークに達するだろう。その時点で私の許に来てもいいはずだ。もし本当に送られてきたのならね」

「……狂言だったということか」

察しよく柳刑事が声を上げる。

「そうだろうな」メルはゆっくりと頷いた。「しかし、なぜそんな真似をしたのか。会って話したところ、彼女は強気な性格で被害者を装って同情を誘いたがるタイプでもなかった」

「他に理由があったと？」

「それが今回の事件だよ。結論だけ云うと、石上花子はおそらく被害者本人だ。彼女は夜になり足場板を使って隣のベランダからホテルを抜け出そうとした」

「アリバイ作りか！」

得心がいったような声を刑事が上げる。

「君はなかなか冴えてるね。ロングブーツを履《は》かせておくのがもったいない」

「タキシード野郎に云われたくないな」

「鵠沼美崎には目の上のこぶとも云うべきライヴァルがいた。相手は文学賞を次々と射止めるが、自分は佳作か候補止まり。その上自分の小説も、いくら主張してもライヴァルのジャンルで纏《まと》められてしまう。負けず嫌いの彼女にとっては屈辱《くつじょく》だっただろうね」

「藤沢葉月だな」

「さすがに調べてあるね」

メルカトルがストレートに賛辞を送ると、

「重要参考人の一人だからな。逆だとは思わなかったが」

顔色一つ変えず刑事は答えた。この二人、割鍋綴《われなべとじ》蓋《ぶた》で意外と相性がいいのでは？

「そこで実力行使に出た。ホテルから抜け出し車を飛ばして藤沢葉月を殺害する。たしか彼女は愛犬とふたり暮らしだから難しくはないだろう。また深夜だから泉《いずみ》佐野《さの》まで片道一時間もかからない。そして人知れず戻る。大編成のクラシックも出入りする音を消すため。この部屋は私たちが夜通し見張っていたわけだから、彼女には鉄壁のアリバイが存在することになる」

「じゃあ……被害者は隣のベランダへ移動する際に足を滑らせたというのか」

「結果的に事故死ということになるだろうな。もともと板が細い上に雨で滑りやすくなっていた。そこに落雷。板を伝っている最中に間近で落雷に遭遇したら、足を滑らせても仕方がない」

「それで今朝はクラブのKが送られてきたのか！」

私が声を上げると、メルカトルは内ポケットから真っ赤な封筒を取り出した。

「そうだ、君に渡しておかなければ」

メルは封筒を刑事に押しつけると、

「おそらく業者に頼んで機械的に投函《とうかん》してもらっているのだろう。本来ならクラブのKが届いたことで心配は杞憂に終わり、スペードのAまで事件は先送りになってとりあえずめでたしめでたしということになっていたはずだ。ゆくゆくは、私の調査に気づいた犯人が送付を諦めたという筋書きにするつもりだったのだろう」

「しかし証拠は？」

「送付を委託した業者を探してもいいが、まずこの近くに不審な乗用車が見つかるはずだ。彼女が殺害に使おうとしたセカンドカーが。深夜に赤いポルシェだとさすがに目立つからね」


謎解きを終えたあともメルカトルの顔色は冴えない。両肩に重しが載っているかのように背を丸めている。

「……君はいつ知ったんだい。彼女の狂言だと」

刑事が去ったあと私が尋ねると、

「最初からだ。だから私は彼女に思いとどまるよう警告し続けたのだが。直接云えばその場は諦めるかもしれないが、時を置き再び殺意がぶり返すだろう。だから時には柔軟さも必要だと訴え続けたんだ」

「もしかしてあの脚立は……」

「あれをはしご状にすれば隣のベランダまで渡るのはたやすいからね。だから取り上げた。まさか保険でくすねた足場板まで隠し持っていたとは思わなかったよ」

メルカトルは殊勝に答える。しかしそこまで目端《めはし》が利くメルカトルが足場板を見逃すだろうか？　それなりに大きな代物だ。私の胸に一条の疑念の光が射し込んだ。暗闇の中の光ではなく、光の中の闇と云うべきどす黒い光が。

「昨日の夜、雨が降るまで絡み酒をしたのもわざとなんだな」

「まあね。雨が降ればベランダからの脱出を諦めてくれるかと思ったのだが……」

「予報では昨夜は雨ではなかったのに。もしかして落雷も予想していたのか？」

「雷神じゃあるまいし、どうやって予測できるんだ」

　メルカトルはシルクハットの鍔を撫で回しながらとぼける。だがその態度が私を確信に導く。長い付き合いだ。筋道が立たないことでも直感で気づくことがある。

「なあ、メル。まだ僕に隠していることがあるだろ」私は詰め寄った。「他に依頼人がいるとか……」

「さすが鋭いね」彼は微笑むと、「一週間前に愛犬が不審死して身辺に不安を覚えた藤沢葉月から相談を受けていたんだ。だから絶対に彼女に手を出させるわけにはいかなかったんだよ。ナイトとしてね」

　太平洋の荒浪《あらなみ》が激しく岸壁にうちつける音を背景に、メルカトルは大仰に肩をすくめた。

天女五衰
てんにょのごすい

# 1

天女が駆けていく……。

湖を覆っていた深い霧が晴れ、一条の光が射し込む。

展望台に設置された双眼鏡のレンズの向こうには、透明な湖面が春の陽光を反射し眩しく輝いている。思わず目を細め双眼鏡を横に逸らせたとき、湖畔の遊歩道を純白の服の裾《すそ》をひらめかせた天女が軽やかに横切った。新緑の木々が立ち並ぶ隙間から垣間見える美しい横顔。色白の日本人形のように品よく整った顔立ちで、楽しげに目許、口許が綻んでいる。まるで天上の雅歌を歌っているかのように。

この世の存在とは思えない神々しさ。

幻なのか、現実なのか。私は目を凝らした。しかし束の間の日差しはすぐに雲に覆われ、再び濃霧が視界を遮る。同時に天女の姿も木々の間から消えていた。

ざわざわという音とともに、一陣の風が辺りを吹き抜ける。しかし……あの一瞬だけ無音のフィルムを見ているかのように、静寂が支配していた。そして聞こえるはずのない天女の美声だけが直接脳内に響いていた。

何だったのだろう？

「何をぼんやりしているんだ」

革靴がコンクリートの床を踏みしめる音とともに、背後から声を掛けられた。遅れて歩いてきたメルカトル鮎だ。

「天女を見たかも」

私は思わず呟いた。

「暑さで頭までやられてしまったのか？」

「かもしれない」

あえて否定はしない。曇り空だが、三月にしては気温が高い。霧のせいで湿気も多い。メルが呆れるように、頭がやられてしまった可能性はなきにしもあらず。

　ただ暑さは最後の一押しにすぎないだろう。半月前、仕事で落ち込む事があった。頭をやられたとしたらその影響だ。

「双眼鏡を覗いていたら、湖畔で天女が舞っていたと……。しかし天女とは相変わらずのポンコツ詩人だな。だから最下位なんだよ」

　タキシード姿のメルカトルが嘲笑う。しかも的確にウィークポイントを突いて。

「天女を見たらポンコツ詩人なのか？　世の中の詩人は見ているだろ。杜甫《とほ》とか李白《りはく》とかも……。知らんけど」

「ここは天女伝説で有名な湖だ。しかもこれから湖畔にある天女の故地を巡るときた。そこまでお膳立《ぜんだ》てされて〝天女を見た〟とかいきなり口走っているからポンコツなんだよ。夜の墓地で幽霊を見たと騒ぎ立てるようなものだ」

「……たしかに先入観があったかもしれないけど」

　もっともな指摘に言葉が詰まる。ここは丹後《たんご》の大《おお》江山《えやま》の山中。湖の向こうに大江山の連峰が見える。大江山といえば源頼光一行《みなもとのよりみついっこう》が退治した酒呑童子《しゅてんどうじ》が有名で、それ以外にも鬼絡みの逸話がいくつかあるらしい。

　そんな鬼の観光地であるが、天女伝説もひっそりと残されていた。目の前に広がる小さな湖、真名井湖がその舞台だ。

　昔、狩りで山中に分け入った若者が、湖で五人の天女が水浴びしているのを目撃した。若者は近くに掛けてあった天女の羽衣《はごろも》を一つ隠した。やがて天女たちは若者に気づき逃げだそうと岩の上に登る。四人の天女は岩から舞い上がり天界に戻っていったが、羽衣を奪われた天女だけは岩からそのまま湖に落ちてしまった。去っていく四人の天女を湖面から寂しそうに見つめる天女。

　残された天女はその若者と結婚し、やがて子供も二人できた。だが数年もすると声が衰《おとろ》えてきた。肌の艶が悪くなり瞬きの回数が増えてきた。医者に診せても原因が判らない。

心配した若者はついに隠してあった羽衣を天女に返した。天女は今までの礼を云い羽衣を身につけた。しかし頭の華飾りは萎《な》え羽衣も汚れたまま。それでも天女は天に昇っていった。

よくある羽衣伝説の一つだ。有名なのは世界遺産にもなった三保《みほ》の松原《まつばら》だが、似た話は各地に存在する。たしか同じ丹後の峰山《みねやま》にもあったはずだ。

天に帰れず一人だけ湖に落ちた天女。

湖に落ちるという他の伝承では見られないこの情景が、私に天女の幻影を見せてしまったことは否《いな》めない。今の私も同じように脱落した境遇なのだから。

しかし……脳裏に深く刻まれた天女の美しい顔はどこから来たのだろう。

たとえ白昼夢《はくちゅうむ》であっても、夢や幻というものは過去の記憶から断片的に抽出されるもののはずだ。それならば一度はどこかでその顔を見ているはずだし、あれだけの美人なら覚えていそうなものだ。

だがいくら振り返ってみても、出会った記憶がない。私が首を捻っていると、

「天女に化かされたようだな」

メルカトルが揶揄ってくる。

「荼枳尼天《だきにてん》じゃあるまいし、天女が化かすものか。……しかし君まで散歩につきあうなんて、どういう風の吹き回しだ？」

湖畔にある知人の別荘にメルカトルとともに招かれたのだが、大阪からのドライヴで到着したのが昼過ぎ。

湖は外周六キロほどで、遊歩道を一周すると一時間半はかかる。もちろん所々に展望台と駐車場が設けられていて、ピンポイントでの観光も可能になっている。とはいえ間近に湖を感じながらのんびり風景を楽しむには、散策が一番なのはたしか。

てっきりメルはピンポイント派だと思い、一人で

散策するつもりだったが、あに図《はか》らんや同行するという。しばらくは霧深い湖畔を歩いていたのだが、展望台への階段が分岐していたので、全貌を眺めるために立ち寄ったのだ。

「君のように美人の天女に逢えるかもしれないからね。つきあって正確だったよ。詩人になる絶好の機会だろ」

「ここで天女を見てもポンコツ詩人にしかなれないんじゃないのか」

私は遊歩道に合流するため階段を下りた。再び霧がかかった湖畔に出る。緩やかに上下する未舗装の遊歩道。霧のせいで思ったほど景色を堪能《たんのう》できないのが残念だが、霧の山道自体に風情《ふぜい》があると思えばいい。

天女を見かけたあたりを通り過ぎる。湿りを帯びた地表には足跡が何組も残っているので、どれが天女のものかは判らない。そういえば天女は何を履いているのだろう。

一本道を十分ほど進んでいくと、霧の中から突如小さなお堂が現れた。八角形のお堂で、柱は赤く塗られているが、今はすっかり退色している。

天女堂だ。脇には大きな柳の木が屹立《きつりつ》している。この柳の木の洞《うろ》に若者は羽衣を隠したらしい。このあたりは天女が水浴びしていた場所と同様に、湖の奥まったところにある。その上、湖岸からも少し離れていた。今でこそお堂が建ち遊歩道も整備されて時折り観光客が訪れるようだが、昔は滅多に人が踏み入ることがない場所だったのだろう。

天女堂の扉は観音開きで上半分が格子《こうし》になっている。扉から下る木階《きざはし》の前には小ぶりな賽銭《さいせん》箱が置かれていた。賽銭箱もお堂並みに古びていたが、正面には真新しい南京錠《なんきんじょう》が掛けられている。

賽銭箱に小銭を投げて拝む。

……とはいえ何を拝めばいいのか、私は迷った。知っているのは〝天女堂〟という名前だけで、何の御利益《ごりやく》があるのかまでは知らないのだ。薬師如来《やくしにょらい》や文殊菩薩《もんじゅぼさつ》くらい明確ならまだしも。そもそも如来や菩薩のような偉い仏ならどんな願いでも聞いてくれそうだが、天女に何が可能なのか。得意なジャンルは何なのか。

仕事上の大きな悩みはあるが、はたして天女に解決できるだろうか？　羽衣を奪われたくらいで地上に留まらなければならなかった天女に……。

たった五円の賽銭でそんな不遜《ふそん》なことを思い巡らせていたが結局、

「もう一度あの天女に逢わせてください」

そうお願いした。それだけ印象的だったのだ。半月前からの鬱々《うつうつ》とした気分が、浮世離れした清楚《せいそ》な美貌のおかげで一瞬だけ晴れ上がった。

何か変われるかもしれない。

もう一度逢いたい……もう一度逢いたい……私は心の中で三度願った。もしかすると最後は声に出ていたかもしれない。

そのときポツポツと水滴が顔に落ちた。雨が降り始めたらしい。天気予報は曇りだったし、さっきは眩《まぶ》しい光が射し込んですらいた。やはり山の天気は信用できない。当然傘なんて持っていない。

「雨だな」

そう呟くや否や、メルカトルは木階を上ると板扉に手を掛けた。扉に鍵は掛かっておらず、ミシッと木造建築特有の軋み音とともに手前に開く。

「おい、大丈夫なのか。勝手に入って」

躊躇《ためら》いなく中へ消えていったメルを追い、慌てて私も堂内へ入った。

八角形の天女堂の中は薄暗く湿っぽかった。中央に天女の木像が祀《まつ》られており、周囲が八角に折れる回廊となっている。天女像は等身大で、羽衣を軽やかに纏いモデルみたいにS字の優雅な立ち姿をしている。腰は大きくくびれ、神々しい威厳よりも立てば芍薬《しゃくやく》という言葉が似合う艶《あで》やかな姿態だ。古びたお堂と違い真新しく色彩も鮮明で、華やかさが際立っている。台座があるため、目線の上に天女の顔が来る。顔を見上げて私は思わず息を呑んだ。

なぜなら先ほど目にした天女に酷似《こくじ》していたからだ。

「どうして！」

つい声が出てしまう。あれは本当に天女だったのか？

もし白昼夢だとしても、私がこの像を見るのは初めてのはずだ。なのにどうして私は顔を知っていたのだろう。思わず間際まで顔を近づける。

「おいおい。いくら頭をやられたからといって、仏像にキスはまずいだろう」

不審がるメルカトルに事情を打ち明けると、

「ガイドブックやウェブサイトでこの天女の写真を見たんじゃないのか」

素っ気なく返された。

「……そうかも」

種明かしをされればあっけない。人生のどん底で天女との不思議な縁を感じたかった私は肩を落とした。

しかし……願いは即座に叶《かな》ったことになるのか、一応。

できるなら木像ではなく本物の天女に逢いたかった。五円では贅沢な要望だろうが……。

「しかし湿っぽい部屋だな」

私の感傷などどこ吹く風で、シルクハットを手にしたメルは不満を口にする。

「勝手に上がり込んだだけでなく、文句まで垂れたら罰があたるぞ」

「仏教に神罰のような罰はないよ。君は本当に仏教徒なのか？　そもそも罰も何も、裏側は物置として使われているようだ」

回廊の裏手に回ったメルが小馬鹿にする。

「秋に天女にまつわる祭事があるらしいから、その道具をまとめて置いてあるんだろう」

お堂の一番奥手には屋根裏へ上がる梯子《はしご》が掛けられており、階段の両脇には簡素な棚が設えられていた。合板の棚にはきらびやかな祭事用の装飾品が入った編み籠のほかに、箒《ほうき》や長靴、バケツ、ゴミ箱代わりの一斗缶など雑多な用具も並んでいる。

私たちが泊まる別荘は湖畔にあるが、村落は更に数キロ下った場所に位置している。物置になるのも仕方がない。

「寺も教会も裏に回ればこんなものだが……」

メルは天女の台座の裏に手を伸ばす。隙間から黒い旅行用のトランクが出てきた。古くはなさそうだが肩口に特徴的な凹み傷がある。中が詰まっているらしく、重そうに車輪が軋む。

「棚に置くのはまだしも、天女像の台座の裏に押し込んでおくなんて、信仰心もたいしたものじゃないな」

小馬鹿にして天女を見上げる。なにか私の天女が軽んじられた気がして、

「中に祭事に使う大切なものが入っているかもしれないだろ」

思わず反論し、証明するためトランクを開けようとした。

「止めとけ、それこそ犯罪だ」

メルカトルは靴の踵《かかと》でトランクを元の場所に押し戻すと、

「しかし、やけにムキになるな。そんなに最下位だったのを気にしているのか」

「ああ、そうだよ」

私は素直に認めた。

少し前に『本格ミステリなにわアラサー五人衆』というアンソロジー本に参加した。在阪《ざいはん》の五人の若手作家が短編を書き下ろしたものだが、一風変わっていたのは投票で優勝者を決めるという点だった。カバーに印刷された投票券を切り取り一番面白かった作品名を書いて編集部に送るのだが、優勝者はお好み焼きやワッフルも焼ける豪華全自動たこ焼き器が貰えるという触れ込みだった。

その結果が半月前に出たのだが、優勝争いは熾烈《しれつ》

で四人が僅差《きんさ》で並ぶ中、私だけダントツの最下位だった。その差、生駒《いこま》連峰と天保山《てんぽうざん》くらい。当然、ネット等で私はいい笑い物になった。

それで落ち込んでいたのだ。

優勝できるとまでは慢心していなかったが、それなりに争えるとは思っていた。ここまでの完敗は覚悟していなかった。作家全体ならともかく〝本格ミステリ〟〝なにわ〟〝アラサー〟と三つも条件が限定されているのに……。しかも売れっ子作家は忙しくて断るだろうイロモノ企画なのに……。

「君のオリジナル作品なんて、その程度だよ」

メルカトルに鼻で笑われ、なおさら落ち込んだ。本当に自分には才能があるのだろうかと。外に出るたび、ご覧あれが最下位の作家だと、見知らぬ人に指を差されている気がした。

この別荘に誘われたのは発表以前のことだが、鬱々とする中で断らずにやってきたのは、大江山の天女の話に心惹《ひ》かれたからだ。五人の天女の内、天界に帰れずひとり地に墜《お》ちた天女に、自分を重ねたのかもしれない。

「くだらない。君に才能がないことくらい、私が常日頃口を酸っぱくして教えてやっているじゃないか。何を今さら落胆することがあるんだ」

「それとこれとは別なんだよ。いいよな、君は。いつも事件を解決できて」

「いまさら嫉妬かい？」

物珍しそうにメルカトルは片眉を上げた。

「小説家と一緒にしないでくれ。探偵には依頼人の人生が賭《か》かっているんだからな。そもそも、そのくだらない短編だって、編集者はボツにせず本にしてくれたんだろう」

「きっとボツにする時間が惜しかったんだよ……」

「雨が止んだようだな」

呆れたのか、私の愚痴をスルーしてメルは外に出る。

時計を見ると三時三十分。お堂にいたのは十五分くらいだろうか。雨が上がり霧も薄れてきた。再び太陽の煌《きら》めきが舞い降りてくる。

現金なもので、光が射すと少し希望が湧いてくる。これも天女の御利益かもしれない。私は天女の美しい顔をじっと見つめたあと、天女堂を後にした。

*

湖畔には天女堂の他に天女が落ちたという天女岩(安直なネーミングだ)が残されていて、遊歩道を一周すればその二つを見て回ってこられるようになっている。

天女岩は天女堂から近く、歩いて十分ほどで着いた。天女岩の付近は湖の端にたんこぶがついたように一段奥まっており、しかも周囲が崖になっていて淵《ふち》を形成していた。その崖の最奥、湖面から二メートルの高さに天女岩が突き出ている。

岩の先端には四つの木像が据えられていた。一人を残して舞い上がった四人の天女。等身大であるが、造形は円空《えんくう》の仏像なみのアバウトさだ。天女堂の天女像とは大違いだが、こちらは江戸時代からあるらしい。木肌も風雨で劣化している。

岩と遊歩道は繋がっていたが、境目には立ち入り防止のロープが張られている。天女が水浴びしていたという湖面を、天女が水浴びしている姿を想像しながら眺めていると、メルカトルは躊躇《ちゅうちょ》することなくロープを跨《また》ぎ岩の上を歩いていく。

岩は湖に向かって三メートルほど突き出ており、周辺が淵になっているので突端部の水深はかなりありそうだ。水の流れが悪いせいか、湖の他の場所より透明度が低く緑色に澱《よど》んでいる。おそらく湖底に藻が繁っているのだろう。落ちればそれが足に絡まって溺《おぼ》れかねない。天女が水浴びしていた昔はもっと澄《す》んでいたのだろうが。

「危ないぞ」

云っても無駄だろうが、とりあえず注意する。たまには落ちて痛い目を見ればいい、という思いも少しはあった。多分私は今、やさぐれている。

メルカトルは軽やかな足取りで先端まで行くと四柱の隣で仁王立《におうだ》ちした。

「なるほど。湖畔で水浴びしていてどうやって落ちるのかと不思議に思っていたが、ここなら落ちるという表現が正しいな」

ひとり頷いてしゃがみ込む。湖面を撫でる風でタキシードがはためき、遠目からは今にも落ちそうに見える。

「それに入り組んでいるので、他の場所からも目につきにくい。人目を避けて水浴びするには絶好の場所だな。となると若者はどうやって水浴びに気がついたかだが」

残念なことに何事もないまま、メルカトルは再び立ち上がり周囲を見渡した。

「ああ、あの四阿《あずまや》からなら見えるな。ちょうど人が居るようだし、伝説の再現だな」

メルカトルの視線を追うと、山の中腹にある四阿が目に入った。遊歩道ではなく、連山へのハイキングコースの途中に設けられているものだ。目を凝らすとぼんやりと人影が見える。

「それならさっさと戻ってこいよ。通報されたら面倒だろ」

メルカトルは天女像の一つの頭を撫でたあと再び軽い足取りで戻ってきた。満足げな表情にイラッとくる。

「しかし最初から最後まで罰当たりな真似ばかり。どういうつもりなんだか……」

「だから君は最下位なんだ」

唐突に厳しい言葉が飛ぶ。

「曲がりなりにも君は作家だ。あわよくばここを舞台に一つ話を書いてみようと企てているんじゃないのか」

「まあ、ないとはいえないけど……」

「なら伝説に比定する遺物が、どこまで正確か見定めるのは当然だろう。確認作業を怠《おこた》って何が推理作家だ」

　こんなまともな説教を食らうとは予想していなかった。

　やっぱり私は作家に向いていないのだろうか……。メルカトルの活躍を小説化していればいいだけの存在なのか。

　私は肩を落とし、メルカトルの後ろを俯いてとぼとぼと歩いていた。天女岩までと違い彼が先頭を進んでいく。

「どうしたんですか？」

　十分ほど進んだところで、声を掛けられた。俳優の牧一政《まきかずまさ》だった。年は三十過ぎ。色黒でしっかりした体格だが、容姿は優れているとは云いがたい。そのためテレビでは凶悪犯や再現ドラマのＤＶ亭主役として出る事が多いらしい。演技には定評があり、主な活動場所は舞台だとか。

　彼も同じ別荘に泊まっている。別荘のオーナーで私たちを招待した辛皮康夫《からかわやすお》が主宰している劇団『皿洗い』の劇団員だ。私とメルが到着したのは昼過ぎのことだが、他の劇団員はみな東京から昨日やってきていた。

「山頂まで行かれたんですか？」

　気を取り直して、登山ルックの牧に尋ねかける。彼の背後には遊歩道と登山道との分岐を示す道標が立っていた。

「いい景色でしたよ。空気も良くて、肺が生き返ります」

「酒呑童子はいましたか？」

「残念ながら山頂で鬼には遭えませんでしたよ。もっとも私が鬼に間違われて射かけられるかもしれないが」

　悪役が似合う俳優は、容貌《ようぼう》に反して快活に笑った。四阿にいた人影は彼だったのだろうか。時間的にはぴったりなようだが。

「いい着想は思い浮かびましたか？　美袋先生」

思案しているうち、牧のほうから尋ねかけてきた。

「ええ、まあ。少しは」

と言葉を濁す。わざわざ落ち込んでいたことを正直に話すこともない。何せ〝先生〟と呼んでくれる相手だ。見栄も張りたい。

隣でメルがふん、と冷笑している。

「余り物でいいんで、うちの公庄《ぐじょう》に分けてやってくれませんかね」

「いやいや、それは公庄さんに失礼でしょう。プロとしてやっていられるのに。それに公庄さんは去年もここに来られたんでしょう？　いろいろとインスピレーションを得ているんじゃないですか」

公庄悟《さとる》は二十代後半の駆け出しの脚本家だ。有名な脚本家に師事して、その手伝いをしているらしい。小劇団の台本を書いたり、たまに師匠の代わりに連続ドラマの一編を任されたりもするとか。そして劇団『皿洗い』のメイン作家でもある。

牧もそうだが彼らは辛皮の劇団の専属ではなく、年に四度の公演以外はみな他で活動している。

主宰の辛皮康夫は四十半ばで、舞台はもとより時代劇から恋愛ドラマまで主役級で幅広く活躍している有名俳優だ。

大江山の湖畔が気に入り、売り出されていた企業の保養施設を改装したのが、湖の下流にある二階建ての別荘だった。名前は天女荘。

元が保養施設だけあって部屋数も多く、テニスコートやバスが停められる駐車場も隣接していた。鉄筋コンクリート造りだが、木目調の外壁が張られていて一見木造家屋のようだ。真名井湖を臨む側には、二階は客室のベランダが張り出し、一階にはウッドデッキのテラスが突き出ている。

そんな有名俳優と知り合ったのは、一年前に起こったとある事件が発端だった。時代劇映画の撮影で太秦《うずまさ》を訪れていた辛皮が、殺人事件に巻き込まれたのだ。それをメルカトルが見事解決した。

全国ニュースにもなった大きな殺人事件だったが、辛皮自身は中心人物ではなく事件自体もメルカトルによって迅速に解決されたので、辛皮の名前が報道に出ることはなかった。一度表に出てしまうと撮影中の映画にどんな影響を及ぼすか判らなかったので、事件後ものすごく辛皮に感謝された（メルカトルが）。同時に探偵やミステリ作家という職業に興味を惹《ひ》かれたらしい。半年前、私の作品を自分が主宰する劇団で上演したいとオファーが来た。

そういう訳で今回彼の別荘である天女荘に招かれたのだ。あのときのお礼もあるので、是非メルカトルも一緒にとのこと。ちなみに公演は五月のゴールデン・ウィーク明けらしい。残念ながら東京のみの週末公演らしいが。

有名俳優の公演にしては小規模だが、それには理由があり、辛皮自身は出演しないらしい。彼は主宰と演出に徹し、出演するのはまだ名が売れていない若手や中堅のようだ。『皿洗い』という劇団名も、新人のバイト先という感覚でつけたのだとか。

劇団『皿洗い』は五年前、辛皮が不惑《ふわく》の年に旗揚げしたが、天女荘を購入したのは去年のこと。なので辛皮が来るのはまだ三回目だとか。今回は辛皮も含め六人だけだが、上演直前には合宿所として全員が集まって最後の詰めを行うらしい。

遊歩道から別荘の裏木戸を抜けてテラスへと向かうと、先ほど話題になった公庄と家主の辛皮がテーブルを挟んで将棋を指《さ》していた。

居飛車対振り飛車で公庄が居飛車穴熊《あなぐま》に囲んでいる。まだ序盤なので、正確には穴熊に囲もうとしているといったところ。そうはさせじと、振り飛車のほうが攻撃的に歩《ふ》を突き捨てて飛車交換を迫っている。ドラマでもリーダー役が似合う辛皮らしい積極的な指し口だ。

しかも駒を指す姿勢が綺麗だった。一流の役者はこういうところも様になるなと感心する。対して公庄は物書きらしい（?）猫背で雑な指しぶりだった。

「いい着想は得られましたか？　私はまだ天女を見たことがないですが、あんな素晴らしい本を書かれる先生なら、きっとこの素晴らしい情景を前に天女を幻視しているんじゃないですか」

　私に気づいた辛皮が尋ねかけてくる。天女に逢った事を知っているとは思えないので、ただの偶然だろう。辛皮は自分には文才がないからと謙遜して台本は書かないが、演出に関心があるあたり、芸術的な創造に憧れがあるのだろう。

「いえ、それなら既に公庄さんが目撃しているんじゃないですか。私の作品を見事に幻想的に仕立て直していますし」

　嫉妬や自虐の炎を鋼鉄の仮面で隠しながら、私は答えた。

「いや、僕なんて」短く揃えた顎鬚《あごひげ》を何度もさすった後、公庄は差し出された歩をとらずに銀で受けた。「まだまだ未熟で、師匠にダメだしばかりされていますよ。この前のドラマの脚本も名前こそは僕ですが、師匠のアドヴァイスを取り入れてなければひどいものでした。ボツを食らっていたかもしれません」

　〝ボツ〟という言葉が密かに人知れず胸に突き刺さる。いや、メルカトルには知られているかもしれないが。

　公庄の銀が好手だったのか、辛皮の手が止まる。しばらく隣のテーブルに座り三人で将棋を眺めていたが、長考に入ったらしく話が途切れる。横から口を出せない縁台将棋ほど詰まらないものはなく、やがてそれぞれの部屋に戻ることにした。もちろん口火を切ったのはメルカトルだった。

*

「いやあ、コテンパンに伸《の》されました。少しは腕が上がったと思ったんですがね」

　食堂での夕食を終え夜のテラスでビールを傾けていると、チューハイ片手に公庄が頭をかきながら話しかけてきた。あれから夕食までずっと辛皮と対局していたらしい。私たちが見たのは二局目で、あのあと玉を穴熊に囲う前に丸裸にされてあっさり終わったとのこと。

「妙手だと思ったんですが、おとなしく飛車交換の注文に応じていた方がマシでした」

　続く三局目は双方居玉《いぎょく》のままの力戦型で乱戦になったが、最後は三十一手の詰み筋を攻められて頓《とん》死《し》したとか。

「師匠にシナリオだけでなく将棋も教えてもらって腕を上げたつもりだったんだけど」

「そりゃあ、無謀だ。辛皮さんは大学の将棋部で全国大会の常連だったらしいですよ。今は忙しくて対人は無理だけど、たまにネット将棋をしているとか」

　同じテーブルの宮村《みやむら》真知雄《まちお》が笑う。食堂で隣の席だった縁で、テラスでも一緒にグラスを傾けていた。私はビールグラスで、宮村はワイングラスだったが。

　宮村は牧と違って二枚目な俳優だ。年は牧と同じくらいだろう。ただイケメンというよりハンサム。昭和臭がする男前だった。テレビでも人のいい兄貴分役でたまに見かける。『皿洗い』の結成当初からの団員で、主役を張ることが多いらしい。

「まだまだ修業しなきゃな。宮村さんは今日はどうしてたんですか？」

「元伊勢《もといせ》の方にね足を延ばしてたんだ」

「元伊勢というと、伊勢神宮《じんぐう》が今の伊勢に落ち着くまでに転々とした場所ですよね。どうでした？　雰囲気ありました？」

　公庄が目を輝かせて尋ねかける。

「内宮《ないくう》と外宮《げくう》のどちらもこぢんまりとしていたが、人が少ない分、雰囲気は最高だった。あとは自分の目で確かめた方がいいだろう。シナリオに取り入れるつもりなら」

「ごもっともです。百聞は一見に如《し》かずですし。明日見に行こうかな」

「なら荒河《あらが》君たちを乗せていってやってくれないか。今日はどこにも行けず天女荘でくすぶっていたらしいぞ」

大阪から車で乗りつけた私たちと違い、辛皮たちは東京から福知山《ふくちやま》までは鉄道で来て、福知山でレンタカーを借りていた。

宮村はその車を使って観光してきたのだが、免許がない荒河和義《かずよし》と喜多聖子《きたせいこ》は遠出ができなかったようだ。

荒河はペルシャ系とのハーフを思わせるエキゾチックなイケメン俳優で、年は二十六。宮村と並び『皿洗い』のツートップで、醤油《しょうゆ》顔の宮村と彫りが深い荒河とで演目によって主役を振り分けているとか。

喜多聖子は荒河と同い年の女優で、特撮の女幹部役やCMのサブでよく見かける。痩《や》せているというより引き締まった体つきで、男勝りなアクション演技が売りらしい。

劇団には女優が四人所属しているらしいが、今回別荘に来ている中では紅一点だ。

「そうそう。僕たちも連れてってくださいよ。本当に退屈だったんだから」

名前に反応したのか、荒河が暑苦しい声ですり寄ってくる。

「俺みたいに山に登れば良かったんじゃないのか？」

隣にいた牧が呼びかけるが、

「牧さんのように健脚じゃないし、革靴しか持ってきてないですから。無理ですよ」

「喜多君と一緒に湖を散歩すればいいじゃないか。ちょうど人も居ないし雰囲気は抜群だろ」

茶化《ちゃか》すように宮村が二人を見る。先ほど聞いたのだが荒河と聖子は恋人同士で、劇団員は誰もが知っているとか。

「とっくに朝に回りましたよ……さすがに同じ日に二周する気は起きないです」

「じゃあ、明日は僕が君たち二人を車に乗せてデートの介添えをするってことか。勘弁してくれよ」

公庄が大袈裟《おおげさ》に頭を抱える。

「勘弁しません。お願いします」

透き通る声で隣の聖子が口を挟む。さすがに声が綺麗だ。その上美人。演技もまあまあ上手いらしい。喜多に限ったことではなく、宮村も荒河も私から見れば物凄く男前だ。それでもテレビで目にする機会は限られている。それだけ芸能界には美男美女が犇めきあっているということだろう。そして次から次へと新人が供給されてくる。

決して他人事ではない。次になにわのアラサー企画があったとき、自分は選ばれているだろうか……。再び落ち込んだ。

「そういえば辛皮さんはどうしてここでは舞台に立たないんですか」

メルが訊くと、地酒のどぶろくを堪能していた辛皮は、色艶のある声で、

「演出もしてみたくてね。悪いけど彼らで練習させて貰ってるんだ」

「練習という割には厳しいですけどね。本職の方よりこだわりが強くて」

聖子が笑いながら口を挟む。

「当たり前だよ。自分の道楽だから誰に気兼ねする必要もない。アマチュアの強みだよ。プロはどこかで妥協しなければいけないからね」

「まあ、そのおかげで好評ですけど」

「好評なのはいい役者が揃っているからだよ」

そして思い出したように、

「いい脚本家もね」

「付け足してくれてありがとうございます」

恭しく公庄が頭を下げたところで、笑いが起こ

る。そのとき辛皮のスマホが鳴った。

「ワイフからだ。何か仕事の用件でも来たのだろう」

「浮気でも疑われてるんじゃないですか」

辛皮が奥に消えたあと、公庄が茶化す。

数年前に若手女優とのスキャンダルが週刊誌でスクープされたことを思い出した。双方が即座に否定して半月ほどで立ち消えになったが。

「宮村さんも家に一報入れておいた方がいいんじゃないですか。疑われますよ」

辛皮を除けば唯一の妻帯者らしい。

「冗談は止めてくれ。そうでなくても喜多君のせいで妻に疑われてるんだから」

迷惑そうに顔を上げる。

「私ですか？」

意外とばかりに聖子が尋ね返した。

「私の誕生日に君が冗談で贈ったブーメランパンツがあっただろ。アレを真に受けたんだよ」

「それは、ごめんなさい」

手で口を覆い笑いながら謝る聖子に対し、意外にも怒り出したのは荒河だった。

「初耳だな。宮村さんにはパンツをあげてたんだ。僕の誕生日は忘れてたくせに」

「忘れてたんじゃなくて曜日を勘違いしていただけじゃない。もう、そのことは何度も謝ったじゃない」

うんざりした表情で抗弁する。

「僕は謝ってほしいんじゃない」

顔を真っ赤にして、すっくと立ち上がる荒河。小刻みに肩が震えている。突然険悪なムードになったかと思うと、突然聖子が席を立ち、それを荒河が追いかける格好で二人とも二階へ上がっていった。

「私の妻も嫉妬深いが、荒河君もかなり嫉妬深いようだな」

やれやれと肩を竦める宮村に、

「アルコールも入ってるだろうけど、前の彼女にトラウマレベルの裏切られ方をされたらしいよ。でも今のはわざとでしょ？　パンツの悪戯の意趣返しにこの場で」

ニヤニヤしながら牧が宮村を見やる。

「まさか」

と宮村はワイングラスを傾ける。役者なのでとぼけているのか本心なのか判別できない。ただ二人の俳優の顔つきが様になっていて、まるでドラマの一シーンを見ているようだった。朧月夜《おぼろづきよ》の湖という背景も一役買っているだろう。湖畔からの冷たい風がテラスを吹き抜ける。

「いなくなった者は仕方がない。ああいうのは犬も食わないからね。そのうち戻ってくるだろう。呑み直そう」

私とメル、牧、公庄、宮村の五人で改めてテーブルを囲む。少し遅れて辛皮が戻ってきた。トラブルの電話だったらしく、少し機嫌が悪い。

「ミステリだとこういう状況で殺人が起きるんでしょ。美袋先生なら誰が被害者で誰を犯人にするんですか？」

興味津々に公庄が尋ねかけてくる。彼は今回の舞台でミステリに興味を持ったらしく、次はオリジナルのミステリ劇を書きたいらしい。私が招かれた理由に、専門家として公庄へのアドヴァイスも含まれているのだろう。

「被害者よりまず現場ですね。天女荘にするか、天女堂にするか。はたまた天女岩にするか。それとも真名井湖に沈めるか。同じ天女の伝説を絡《から》めるにしても、舞台によってイメージが変わってくる」

私はもっともらしい講釈を垂れた。

「なるほど」と公庄が素直に感心してくれる。「それだとやっぱり、ダイレクトに天女岩かな。天女堂の雰囲気もいいですけど」

「その天女伝説なんですけどね」

口を挟んだのは牧だった。

「ここの伝説、少し訝しくないですか？」

少し芝居がかった口調になっている。

「訝しい？」

私が尋ね返すと、

「俺、こういうロマンティックな伝説が好きで、ロケの後とかいろいろ足を延ばしたりしてるんですけど」

強面《こわもて》の顔に似合わない台詞を口にしたあと、

「よくある伝説なら、隠された羽衣を自力で見つけるか自分の子供に教えてもらうんです。若者や子供との別れは辛《つら》いですけど、どれも天女は天界で幸せに暮らしたと想像させる結末なんです。ハッピーエンドですね。しかしこの話は、羽衣を見つける前に天女は体調を崩し、ボロボロになって天界に帰っていくじゃないですか」

「天界に戻ったら、元の美しい天女の姿に戻るんじゃないのか。そのコントラストのためあえて痛々しい描写を付け加えたとか」

宮村の解釈に牧は首を振ると、

「それなら去り際に復活した美しい姿を印象づけた方がいいはず。なあ公庄君」

脚本家に見解を求める。公庄も「確かに、僕が書くならそうします」と頷いている。発言しなかったが私も同意見だった。

「それで思い出したのが天人《てんにんの》五衰《ごすい》なんですよ」

思わぬ言葉を口にする。〝天人五衰〟とは仏教用語で、天人にも寿命があり、その末期に現れる五つの徴候のことだ。

「天人五衰には快復の可能性がある小の五衰と、確実に命が尽きる大の五衰があるんです。そして最初天女が罹《かか》っていた病気は小の五衰なんですよ。美しい声が出なくなったり、肌艶が悪くなったり、瞬きの回数が増えたりするのはね」

たしか残りの二つは、沐浴《もくよく》したとき肌が水を弾かなくなるのと、執着心が強くなる、だったはずだ。少し前に調べたばかりなので覚えている。

「でも小の五衰は正しい行いをすれば治る可能性が

あるんです。しかし……羽衣をまとって天に昇っていった時の天女の姿。頭の華飾りが萎え、羽衣が汚れている。あれは大の五衰の徴候です。絶対に死が待つ大の五衰」

説得力のある響きで牧は語る。さすが本物の俳優は違う。メルカトル以上だ。

「……つまり天女は対応を誤ったわけです。羽衣を返してもらって天に帰るのは間違っていたんじゃないかと」

「羽衣伝説がバッドエンドだったと」

「多分そうでしょう。じゃあどうすればよかったのか？　そこはまだ思いついてないですが。たとえば近くの比治《ひじ》の天女は家を追い出されたあと別の村で安住したらしいです。天界に戻らずに。その辺にヒントがあるのかも」

自説を披露して満足げに牧は口を閉じた。結論こそないが面白い説だ。

「とても面白いじゃないですか！　脚本に使わせてもらってもいいですか」

公庄も声を弾ませる。

「ただどうやってハッピーエンドにするかは、君が考えないといけないよ。あと最初はこの劇団でという条件はつけさせてもらう」

「もちろんです。次回の公演はこれで行かせてもらいますよ」

いつの間にかミステリ劇は立ち消えになったらしい。いいけど。

「公庄より牧のほうが脚本家に向いているんじゃないのか」

感心しながら宮村が云うが、

「ただの趣味だから、これを劇の脚本にまとめ上げろと云われてもね。それに専門家になれるほど抽斗《ひきだし》は多くないよ。俺がこんな考えを思いついたのも、単に今日見た天女岩のせいだし」

目尻《めじり》に皺《しわ》を寄せ牧が笑った。

「山頂からの帰り道に目にしたんだが、天女岩に五人の天女が並んでいて、最後の一人が転落しそうだったんだよ。いや、あるいは落ちていたかもしれない」

含み笑いをしながら、ちらと私たちに目配せする。岩の上でしゃがんでいたメルカトルのことだろう。あの時四阿に居たのはやはり牧のようだ。

「五という数字からね、なんとなく五衰を連想してしまったんだ。あと最後の天女だけ黒っぽくてね。それが不幸を予感させたのかも」

「それだけでここまで推論できるんだから、やっぱり凄いですよ」

感激屋なのか公庄は賞賛を止めない。

「じゃあ、これから『皿洗い』の脚本は全て牧君に任せるとしようかな」

からかい気味に辛皮が声を上げた。

「それは困ります」

途端に公庄のテンションがだだ下がる。

同時に三人の笑い声。年若い公庄を酒の肴《さかな》にする、いつものノリなのだろう。静かな湖畔に彼らの声が吸い込まれて消えていく。

そして夜は静かに更けていく。結局、荒河と聖子はテラスに戻ってこなかった。

## 2

天女の夢を見た。

湖畔で見た美しい天女。今度はいつまでも消えず目の前を駆けている。私が追いついたとき、天女の華飾りは萎え羽衣は汚れ、脇汗が流れ出し異臭が漂い始めた。

そこにあるのは生気のない骸《むくろ》だった。

びっくりして目が覚めた。ベッドから飛び起きて思わず窓を開けるが、大江山をバックに朝靄《あさもや》の真名井湖が静かに広がっているだけ。

夢は夢だ。しかし天女は自分といると五衰してしまうのか……。どんな潜在意識がそんな夢を見せたのか。

ふと階下が騒がしいのに気づき下りていくと、宮村と公庄が一階で話し込んでいた。二人の前には大型の黒いトランクがあった。

つい先ほど宅配便で届けられたらしいのだが、宛先が厚中里沙《あつなかりさ》になっている。差出人も同じだ。厚中里沙というのはモデル上がりの若手女優で、一昨年劇団に加入したばかりとのこと。モデルとしては芽が出ず、テレビの経験もわずかなため、私はまだ見たことがなかった。

「厚中君は今回は来ないという話だったが」

「通じませんね。圏外でしょうか」

公庄がスマホ片手に首を捻っている。来る予定のない団員宛に荷物が届いたのだから訝しむのも当然だろう。

「もしかすると予定が変わって、ここに来るつもりなのかもしれないな」

しかし私が驚いたのは宛先のせいではなく、トランクそのものだった。

「それ。昨日、天女堂で見ましたよ」

「冗談は止めてくれ。いま宅配業者が届けてきたんだよ。しかも発送は東京からになっている」

宮村が冷静に指摘する。公庄も大きく頷き、

「僕が受け取ったのだから間違いありません」

たしかに業者の受付印も都内の汐留《しおどめ》支店のものが押されていた。しかし角の凹みが昨日見たものと同じなのだ。特徴的なので、偶然の一致で片付けるのは躊躇われる。

「待ってください。もう一人証人がいますから」

私は慌ててメルの部屋に向かった。何度もノックするとメルカトルが重そうな目で戸を開けた。不機嫌を隠さない彼に手短に事情を話し、

「あのトランク見覚えがないか?」

階下まで連れ出す。

「昨日のか」

メルは眠たげな声で答えた。

「気になるんなら、開けて見ればいい」

「まさか中から死体が出てこないだろうな」

「さあね」と素っ気ない。「あと、他人宛のものを勝手に開けるのは自己責任でな」

意外にも常識人のような反応を見せる。

「まず厚中君と連絡をとらないことには」

「たしか牧が詳しいんじゃなかったか？　つきあっていただろ」

「いつの話をしてるんですか。二人が別れたのは去年の夏ですよ」

公庄がつっこみを入れる。

「そうだったか。すっかり忘れていた」

宮村が照れくさそうに頭をかく。

「どうしたんです。騒々しい」

騒動を聞きつけたのか、聖子があくびをしながら階段を下りてきた。女優とは思えない気が抜けた大あくびだ。

「里沙の荷物が届いたんだが、彼女は来る予定じゃなかったよな」

公庄が確認する。聖子はあくびをしたその口で、

「来られないとは云ってたけど、あの娘《こ》のことだからいつもの気まぐれを起こしたのかもね。そうだ牧さんに訊いてみれば」

「だから去年……」

しかし耳を貸さず聖子は二階へ消えていった。牧を呼びに行くつもりらしい。

「まあ、牧さんなら何か知っているかもしれませんけど」

公庄が肩を竦めた瞬間だった。舞台で鳴らした聖子の悲鳴が一階にまで轟いたのは。まるで悲劇のクライマックスシーンを演じているかのように、悲鳴は延々と続き鳴り止まない。さすが女優というべきか。耳を押さえながら慌てて駆け上がり、生きたサイレンと化した聖子の脇から室内を覗き込む。

ベッドの脇の床の上に、死んだ牧が横たわっていた。

＊

「後頭部を一撃か。無警戒にもほどがある」

純白の手袋をはめたメルカトルが呆れた口調で呟いている。

「殺されるときはそんなものだろう。君はいつも警戒しているのかい」

「探偵とはそういうものだ」

「僕といるときもかい？」

「君が私の背後をとれることなどまずないがね」

死体の脇にはブラックジャック状の砂袋が落ちていた。後頭部の髪にはうっすらと血が滲《にじ》んでいる。

首にカーテンを留める紐《ひも》が巻き付いている。この部屋のものだろう。窓の脇の留め紐がひとつ消えている。

「おそらく犯人は被害者を一撃して昏倒させたあと、絞殺したんだろうな」

「背後からということは、犯人はこの部屋に普通に入って殺した……顔見知りの犯行なのか？」

声を潜めてメルにだけ聞こえる音量で尋ねかける。

「そうなるな。まあ、この中に犯人がいるだろう」

私の配慮など無視するように、下手をすればいつもより大きなトーンでメルは答える。

「見たところ、殺されたのは昨夜の十一時から一時の間のようだ。みんな部屋に戻って寝静まったあとに訪れたんだな」

私たちがテラスの宴会をお開きにしたのは十一時前だった。牧もほろ酔いな足取りで自分の部屋に消えていったのをはっきりと覚えている。

「でもどうして牧さんが」

「厚中里沙と連絡が取れないことと、関係があるのかもな。そうそう偶然が続くものではないし」

去年まで恋人同士だったと公庄が云っていた。それが関係しているのか。だとすると里沙の身にも……。

天女どころの騒ぎではなくなった。

現れた山口《やまぐち》という名の刑事は、色白の上に二日酔いのような冴えない表情をしていた。元から浮かない顔つきだったが、彼が冴えないのには訳があり、いつものようにメルカトルが裏から手を回し捜査に介入できるようになったからだ。京都府警の幹部クラスを通じたらしいが、一体彼は何人の弱みを握っているのだろう。それとも警察庁のトップに近い一人の弱みを握っていて、全国に融通が利くのだろうか。

メルカトルが真っ先に示唆《しさ》したのは、今朝に送られてきたトランクだった。余計なお世話とばかりに口を曲げながら刑事がトランクを開けると、中には砂を詰めた袋が大量に入っているだけだった。凶器のブラックジャックを思い起こさせたが、袋が別物だった。ちなみに辛皮の証言で、ブラックジャックは練習用の小道具として東京の物置に放り込まれていたものだと判った。劇団員なら誰でも持ち出せたようだ。

「バラストだな」

トランクから吐き出された大量の砂袋を見下ろしながらメルカトルが呟く。

「本当に同じものが天女堂にあったんですね？」

刑事が憎しみを籠めた丁寧語で尋ねかけてくる。

「そこの美袋君も目撃しているしね。凹んだ部分も同じだ」

刑事は部下に確認に行かせるが、当然ながら天女堂からトランクは消え失せていた。ただ台座の奥にはトランクの車輪の跡が残っていたので、メルカトルと私の証言は一応裏付けされたことになる。

また朝に別荘まで届けた宅配業者によると、配送センターから確かにトランクを小型トラックに移したらしい。宅配の途中ですり替えられた可能性も全くないわけではないが、田舎とはいえ停車している宅配トラックに堂々と忍び込むのは無謀だろう。

そもそも手間を掛けて砂袋を詰めたトランクにすり替える理由が判らない。送られてくるはずのトランクに死体が詰まっていたなら別だろうが。

「君は殺人に拘りすぎだ」

刑事たちが天女荘と天女堂の現場検証をして駆け回っている間、メルはテラスでのんびりモーニングのサンドイッチで腹ごしらえをしていた。昨日の夕食もそうだったが、別荘での三食は業者が宅配してくれることになっている。朝の分は先ほど届いたので、配食業者も駐車場に並ぶパトカーを見て驚いたことだろう。もし産地や日付の偽装でもやらかしていようものなら、肝を冷やしたに違いない。

「中に宝石や現金など金目のものが入っていた場合、すり替える充分な理由になる。伝票を剝《は》がして貼り替えるだけで一財産だ」

「じゃあ、今頃一攫千金《いっかくせんきん》に成功した者が？」

「あくまで例をあげただけだよ。作家なんだから探偵以上に想像力を膨らませればいいだろう」

説教された。最下位をとってから説教が増えた気がする。気のせいだろうか。

「ともかく宅配に出されたトランクに死体が詰まっていなかったのは確実だろう。危険を冒してすり替えるくらいなら、自分宛に送った方が遙《はる》かに安全だからな」

「でも、それなら死体詰めのトランクを送った厚中里沙が、何らかのアクシデントでここに来られなくなった可能性もあるんじゃないのか。途中で殺されたとかで」

想像力を膨らませて私が反論すると、

「つまり、牧と里沙とトランクの中の人物の三つの殺人が行われたということかい」

「ああ」と頷いたが、さすがに三人の死体は多すぎるかもしれないと反省する。

だから最下位なのか？

混乱の中、時間だけは過ぎ去る。十一時になり昼の食事が届けられた。朝はショックで喉《のど》を通らなかった者もさすがに空腹には勝てないようだ。食堂で無言でロコモコバーガーとサラダのセットを口にしている。もちろん私とて例外ではない。濃い目に味付けされたバーガーを無言でぱくついていた。そんな中、メルカトルはバーガーをナイフで切り分けながら、脇に立つ山口刑事に捜査の進捗《しんちょく》を尋ねている。

私たちの食事の光景を羨《うらや》ましそうに横目で見ながら刑事は説明した。それによると、殺害方法も死亡推定時刻もメルカトルの見立てに間違いなく、また目立った物証も残されていないとのこと。

それは天女堂も同じで、月に一度村のシルバーボランティアたちが隅々まで掃除していて、それがほんの三日前だったため、車輪のゴム痕以外は何も残されていなかった。ただ昨日訪れた私たちの足跡も綺麗に消えていたことから、犯人が自分の痕跡を消す際に私たちの足跡も消したのは間違いないようだった。ただそれが何時なのか、牧の殺害前かそれとももっとあとの今朝の未明なのかまでは判らないらしい。

またトランクが汐留の支店に持ち込まれたのは昨日の午前九時過ぎのことで、防犯カメラの映像から差出人はコートに野球帽を目深《まぶか》に被った中肉中背の人物だと判った。サングラスにマスクという格好で性別も不明なので、少なくとも極度の肥満や長身ではないことは判明したといえる。

受付の証言では終始無言で支払いもプリペイドカードだった。プリペイドカードは劇団共有のもので先週から紛失していたとのこと。移送が多く扱いが雑な団員も多かったため以前からちょくちょく紛失しており、額もしれているので誰も気にしていなかったようだ。

マスクの下から顎鬚が覗いていたらしいが、つけ髭の可能性もある。劇団員で顎鬚を生《は》やしているのは脚本家の公庄だけだが、彼は昨日の九時には別荘にいて他の団員と一緒に朝食をとっていたので不可能だ。

宅配便の送り状は活字で印刷されていたが、劇団のパソコンとプリンターが使われた可能性が高いらしい。というのも小道具の配送のために、誰でも送り状に印刷できるようになっていたからだ。

また名義上の差出人であり受取人でもある厚中里沙の行方《ゆくえ》は杳《よう》として摑めず、スマートフォンも依然繋がらないままだった。一昨日に新宿で友人と夕食をともにしたのが最後で、以降の足取りは判明していない。

夜中に別荘を訪れた里沙が牧を殺して逃亡したという図も描けなくはないが、それだと配送されたトランクが持つ意味が解らなくなる。

「そこで伺いたいのですが、行方不明の厚中さんが被害者と恋人同士だったのは本当ですか」

用心深い目つきで全員を見渡しながら山口刑事が訊く。

「去年の夏までは」

喰い気味に公庄が答えた。コメディドラマを見るようなキレだ。もしかして公庄も故意にしているのではと疑ってしまう。

「でも、少し前に誰かとつきあっているようだったよ。縒《よ》りを戻したんじゃない？」

サラダを囓《かじ》りながら聖子がさらっと爆弾発言を投げ込む。

「本当なのか？　それで相手は？」

興奮気味に宮村が尋ねた。

「誰かまでは知らないけど。『皿洗い』のメンバーなのは確か。女の勘というやつかな」

「君の勘か……」

年賀はがきのお年玉くじの最後の桁《けた》が外れたように、宮村のトーンが急激に下がる。

宮村だけでなく公庄も「喜多さんの勘かぁ」と露骨にがっかりしている。

「失礼ね。もう少し信用してくれてもいいんじゃない？　同じ女同士、判るものなんだから」

山口刑事もどこまで信用していいものか迷っているらしい。眉間《みけん》に皺を寄せながら、

「ところで喜多さん……失礼ですが、それがあなたの恋人の荒河さんだという可能性はありますか。あと最近はヒロイン役をとられていたようだと聞きましたが」

「誰も彼も失礼ね。どこの誰がそんなデマを。まだ半々。それに里沙が殺されたのなら判るけど、どうして私が牧さんを？　役をとられても恋人を盗《と》られても、牧さんには関係ないでしょ」

刑事の挑発に対し興奮気味に反論する。

「役に関しては、二人の適性に合わせて振り分けていたんですよ。そこの宮村君と荒河君の場合と同じです」

荒れ始めた空気を察して、辛皮が割って入る。

「それに『皿洗い』は私の道楽の劇団で、ここで主役やヒロインを演じたからといってさして意味はないんですよ。年に四回のそれも週末だけの公演ですし。見に来る人は熱心な演劇ファンばかりで、主役か脇役かに関係なく演技を見てくれますから。彼らはもっと広い世界で活躍するべき人たちです」

「しかし辛皮さんの覚えがよければ、その大海への引きも大きいんでしょう？」

聖子を見やりながらの刑事の言葉に、

「まあそうかもしれませんが」

渋々《しぶしぶ》譲歩する。そもそも彼らがわざわざこんな僻《へき》地《ち》にまで来ているのも、辛皮の機嫌を伺うためという面もあるだろう。

その言葉に聖子はヒートアップしたのか、

「牧さんの死を望んでいる人は他にいるから」

刑事の期待通りの爆弾が投げ込まれた。

「誰です、それは？」

「辛皮さんよ。ずっと強請《ゆす》られてたんだから」

刑事の視線が辛皮に向く。団員たちは知っていた

らしく、食事の手を止め少し俯き加減になる。

辛皮は一瞬言葉に詰まったものの、すぐに堂々と胸を張り、

「……たしかに牧君には恐喝されていました。理由は話せませんが」

素直に認めた。

「しかし私は殺していません。ましてや厚中君には何も関係がないことだ」

「そうでしょうか？　牧さんと厚中さんが恋人だったなら、恐喝の材料を厚中さんが知っていたとしても訝しくないでしょう」

「つまり私が厄介だった二人を纏めて処分したと……」辛皮は苛立ちを抑えながら「しかし昨日の朝はみんなで食事をしていました。私が汐留から宅配便を送るのは不可能ですよ」

「まあ、今のところはいいでしょう」

刑事はあっさりと引き下がる。

「ところでメルカトルさん。何かご質問はありませんか？　そろそろ名探偵の実力というのを見せていただきたいのですが」

満足げに自身の収穫を誇示したあと、挑発するようにメルに水を向ける。

一連の騒ぎのなかずっと食事に集中していたメルは、ナフキンで口を拭いたあと、

「よろしいでしょう。先ほど辛皮さんから正式に依頼を受けたことだし、この銘探偵たるメルカトル鮎が推理術を披露することにしましょう」

俳優たちを前にして張り合うつもりなのか、メルはひときわ大仰な抑揚《よくよう》をつけて見得《みえ》を切ると、

「私が尋ねたいことは一つだけです。みなさんの中で、天女堂の中まで入った人はいますか？　昨日だけでなく、かつてここに来た時も含めてです」

誰も声も手も上げなかった。昨日はともかく、それ以前までも訊かれる真意を量りかねているようだ。

「いつもお堂の前で拝《おが》んでいただけですから。中に

入れることすら知らなかったです」

みなが戸惑う中、代表するように公庄が答える。

その後、辛皮も含め団員全員が頷く。まあ、ずかずかと見知らぬお堂に上がり込めるのは、メルカトルくらいだろう。

「了解しました。ならば、お教えしましょう」

メルはさらに芝居がかった口調で、

「天女は天女岩の淵にいます。底を浚《さら》ってみなさい」

3

不承不承捜査陣が湖に向かってから一時間、ウッドデッキでコーヒーを嗜《たしな》んでいるメルカトルの前にパトカーが停まり若い警官が転げ出てきた。大きく息を切らしながら、「トランクが上がりました」そう耳打ちする。

「山口さんがメルカトルさんに是非来ていただきたいと」

山口刑事が呼んだのはメルカトルと辛皮の二人だけだったが、当然ながら私も同行する。公庄などは好奇心を剝き出しについてきたがったが、定員オーバーを理由にあっさり断られていた。

途中の駐車場でパトカーを降りて天女岩へ向かう。淵で私の姿を見ても、山口は何も云わなかった。私どころではないのは、困惑した彼の表情がありありと物語っている。

天女岩に張られたロープの手前に、水藻が絡まりずぶ濡れになった黒いトランクが置かれていた。よく見ると例の場所に同じ凹みがある。

「そっくりのトランクがあったのか!」

私が声を上げると、

「そっくりにしたトランクだよ」

冷静にメルカトルが訂正する。

「メルカトルさん。あなたはこのトランクの中身も知っていたんですね」

もう一言二言云いたそうに山口が睨みつける。

「知ってはいない。推理しただけだ。その様子だと的中したようだな」

刑事は無言でトランクを開けた。中には二つ折りになった長髪の女性の死体が入っていた。死体とすぐに判ったのは、白いワンピースから突き出た手足の血色が失《う》せて、どす黒く変色していたからだ。こちらに背を向けているので顔までは見えない。

「辛皮さん。すみませんが確認してください」

隣にいた辛皮が正面に回り込む。いかに名優といえど、感情を抑えることはできなかったようだ。

「厚中里沙です。間違いありません」

彼は絞り出すように答えたあと、両手で顔を覆った。これ以上は正視できないとばかりに。

「美袋君、君も確認しておいた方がいい」

耳元でメルが囁く。悪魔の囁き。百抹以上の不安を抱きながら私は辛皮の横に立ちトランクを覗いた。

中にいたのは……昨日私が出逢った天女だった。

＊

「誰がこんなことを！」

思わず叫ぶ。

「知りたいか？」

「犯人を知っているのか」

驚いてメルカトルを見る。

「探偵なんだから当たり前だ。淵を浚うように云ったのはこの私だよ」

「メルカトルさん。厚中君を殺した犯人は誰なんです？　あと牧君も。教えてください」

辛皮が訴えかける。その顔は哀《かな》しみより怒りが勝っていた。

「少し前置きが長くなりますがいいですか、辛皮さん。こういうのは順序が大切ですから」

依頼人の了承を得ると、メルは傍《そば》の岩に腰を下ろし語り始めた。山口も止めようとはしない。

「厚中里沙はおそらく天女堂で殺されました。ここの天女像が被害者とよく似ていることを知った犯人が――あるいは彼女自身が像のモデルだったのかもしれません――みんなを驚かしてやろうと里沙を唆《そそのか》したのでしょう。犯人の言葉通り、彼女はこっそりと天女堂で落ち合った。犯人が駅まで車で迎えに行ったのでしょう。その際、彼女が湖畔を歩く姿をこの美袋君が展望台から目撃した。幸運にも犯人のほうは見られずにすみましたが。そして私たちが天女堂に着くまでの間に、里沙は殺されトランクに詰められた。犯人は表の私たちに気がつき、トランクを慌てて台座の裏手に隠す。そして自分は梯子を登り屋根裏に潜んだのです。私たちが雨やどりのため堂内に入ったとき、犯人は屋根裏で聞き耳を立てていたことでしょう」

「じゃあ、あの天井に犯人が。君は気づいていたのか？」

「まさか。もし知っていたなら、もっと面白い展開にしたことだろう」

メルは無邪気に微笑む。

「話を戻します。本来ならこのトランクは今朝、東京から送られた砂袋のトランクと天女荘ですり替えられるはずだった。牧が殺されていなければトランクはしばらく放置されていたでしょうから、すり替えのチャンスはいくらでもあります。そうなれば彼女の死体は昨日の朝に東京から配送されたことになり、天女荘にいる犯人には完璧なアリバイが生じることになる。そのため予《あらかじ》め同じ場所に特徴的な凹みをつけておいた」

「でもメル。どうしてすり替えずにこの淵に沈めたんだ？」

「我々がトランクを見つけたからだよ。たとえすり替えても、我々が証言すれば、同じトランクが二つあったことが明らかになり、しかも美袋君は被害者を目撃しているから、当然この地で殺害されたことも発覚するだろう。そこで犯人はすり替えトリックを潔く諦め、この淵に捨てることにした。藻が繁り澱《よど》んでいるここなら死体が見つかる可能性も低いと考えたのだろう」

「どうして君はここにトランクを遺棄したと判ったんだ」

山口刑事が怪訝そうに尋ねると、

「それは牧が殺されたからだ。トランクのすり替えをしてまで必死にアリバイ工作をしたのに、ここで牧を殺せば意味がなくなってしまう。当初の計画にはなかったはずだ。となると牧の殺人はイレギュラーだったと考えられる。では牧は何をしたのか？昨夜の発言を鑑《かんが》みたとき、一つ気になったところがあった。牧はこの岩に五人目の姿を見て天人五衰を思いついたと」

「ああ、君の姿を四阿から見てな」

「いや、彼は私の姿を見たとは云わなかった。もちろん私のことを指していたのだろうが、犯人はそう考えなかった。犯人は天女岩の先端からトランクを投げ捨てたところを見られたと誤解した。牧が最後の天女を黒っぽいと形容したのも、私の服ではなくトランクのことと思ったのだろう」

「わざわざ君に目配せしていたのにか？」

「犯人の視点からだと、牧がこれ見よがしに探偵に目配せしたように映っただろうな。しかも彼は辛皮さんを強請っている恐喝屋だ。自分も脅迫されると危惧したところで不思議ではない。もしかすると現時点では牧はまだトランクを捨てたということしか知らないかもしれない。しかし翌朝同じトランクが里沙宛てに届いて、その里沙が行方不明だとなると……」

「犯人としては、夜のうちに牧を殺してしまわなければならなかったのか」

「その通り。ここまで来れば犯人は簡単だ」

一点の曇りもない邪悪な笑顔を浮かべながら、メルカトルはシルクハットを被り直した。湖を吹き抜ける一陣の風がタキシードの裾をはためかす。

天女が通り過ぎた？　一瞬、錯覚した。

「単純な消去法だ。牧が天人五衰の発言をした際テラスにいなかった荒河と聖子の二人は除外される。犯人は私たちが天女堂でトランクを見たことを知っているから、それ以前から夕食時まで将棋を指していた辛皮さんと公庄も除外される。残るは一人、宮村が犯人だよ」

「宮村君がどうして……」

沈鬱《ちんうつ》な表情で辛皮が尋ねる。

「被害者は劇団員の誰かと交際していた。そして彼には嫉妬深い妻がいる。そういうところでしょう」

「じゃあ、東京からトランクを送ったのは？　宮村君は別荘にいたはずだ。私と同じように」

なおも辛皮が食い下がるが、

「東京から送ったのは里沙でしょう。演技の勉強か、あるいは団員への悪戯《いたずら》という名目で変装させて送らせた。決して証拠を残させずに。公庄がミステリの脚本を書きたがっていたから、それに絡めて云い包《くる》めたのかもしれない。とにかく何も知らずにトランクを送り出した里沙は、そのあと新幹線に乗ってここまで来たんです。そして殺された……」

依頼人に向かってメルは丁寧に説明する。

そして事件は解決した。

＊

「なあ、メル。……もし僕たちが天女堂でトランクを開けていたら、そこで犯罪が発覚し、牧は殺されていなかったのか？」

天女岩からの帰り道。無言で隣を歩くメルに対し、私はずっと気になっていたことを尋ねてみた。牧の死は私にも責任があるのかもと、悩んでいたのだ。

「気に病むことはない。犯人は天女堂の屋根裏に隠れて聞き耳を立てていた。トランクはまだしも里沙の死体だけはここで見つけられてはいけなかった。発覚したとなったら、なりふり構わず我々に襲いかかってきたことだろう。すべては必然なんだよ」

もし私がトランクを開けるのをメルが止めていなければ、運命は変わっていたということだろうか。

「ちょっと待て……」

本当にすべてが必然だっただろうか。私は怖いことに気がついてしまった。

「君が天女堂に押し入ってトランクを見つけたために、犯人は計画を変更せざるを得なかったんだよな。そうでなければ犯人が天女岩からトランクを捨てることはなかった。そして君がロープを乗り越え天女岩に立たなければ、牧が目撃することはなく天人五衰の話題も出なかった。犯人も脅迫されていると勘違いすることなく、牧は殺されずに済んだ。里沙はともかく、牧の死に関しては君の行動がすべての原因じゃないのか」

しかしメルは歩みを止めることなく心外そうに片眉を上げると、

「君は湖畔で生前の里沙を目撃している。そのことを堂内で私に話したから、当然屋根裏の犯人も知っている。もし更に危険な牧が現れなければ、犯人の殺意は君に向けられていたかもしれないんだぜ。それに牧が殺された一番の原因は、彼が恐喝屋だったことだ。そもそも私は探偵だよ。そんな神様みたいな芸当ができるわけないじゃないか」

再び霧が周囲を覆い始めた。

# メルカトル式捜査法

# 1

珍しいことに、あのメルカトル鮎が救急車で病院に運ばれた。どこか浮世離れしていて病気とは無縁の人間と思っていたので、もっと有《あ》り体《てい》に云えば殺しても死ななそうな男だったので、とにかく意外だった。

七月も下旬になり今年も酷暑が始まっている。相も変わらずタキシードを着込んでいるので、もしかすると熱中症で倒れたのかもしれない。まさに鬼の霍乱《かくらん》。

報せを受けたのは搬送されてから三日後だったが、二日入院しただけで既に退院しているらしい。今は平常通り探偵事務所にいるとのこと。

尊大な看板が掛かったメルの事務所にバナナを片手に見舞いに行くと、彼は快く出迎えてくれた。若干血色が悪い気がする。元から色白だが、今はショーウインドウのマネキンのようにさらに白くなり、生気が薄れている。

そもそも憎まれ口の一つもなく快く出迎えた時点で、本来のメルと程遠い。思わず「大丈夫なのか」と心配してしまう。

そんな私の胸の内を読み取ったのか、

「心配は無用だ。瀕死《ひんし》の探偵を期待していた君には悪いが、同情されるほど弱ってはいない。もちろん熱中症でもない」

革張りのソファーに腰を下ろしてようやく、皮肉が口をついて出てきた。タキシード姿のメルは、シルクハットを人差し指で器用にくるくると回している。平常を強調しているつもりかもしれないが、強がった声も心なしか張りがなく辛辣《しんらつ》さに欠けていた。それともただの先入観だろうか。

「それじゃ、何が原因だったんだ？」

訊くと、過労による体調不良らしい。検査の結果、特に異状は見られないがしばらく静養したほうがいいとのこと。

「この二ヵ月、五つのつまらない事件に忙殺《ぼうさつ》されていたからな。無理が祟《たた》ったんだ」

そのうち三つは私も同行し、残りの二つのうち一つは話だけ聞いている。確かに手間が掛かる割につまらない――短編のネタにもならない――事件ばかりだった。

「なら、こんなところに居ずに、とっとと静養したほうがいいんじゃないか。それとも最後の一つはまだ解決していないのか？」

「こんなところとはひどい云い草だな。古今東西、私立探偵の居城としては上等な部類だよ。……まあ、最後の一つはさっき電話で片づけたから、ちょうど手は空いているが」

メルカトルってこんなワーカホリックだったか？ 思わず疑念を抱いたが、鑑《まかな》みると趣味も実益も気晴らしもすべて探偵行為で賄《まかな》ってきた気もする。強欲なのは置いておくとして。

「しかし静養といっても、密室荘は去年、埋めてしまったしな」

「あそこは止めとこう」

即座に私は拒否した。密室荘では呑気に静養できないだろう。いつ死体が現れるか知れたものではない。

メルは所有する二、三の静養地をあげたがどれも殺人絡みの事故物件だった。自分が携わった事件から気に入った縁起が悪い物件を買い叩くばかりなので、ろくな候補地がないのだ。

「そういえば神岡《かみおか》さんから誘いを受けてなかったか？」

神岡というのは、昨年、メルが関わった事件の依頼者だ。経営する名古屋のIT会社の産業スパイを探してくれという地味な依頼だったが、特許絡みの案件で報酬がよく、メルが訪れた瞬間に密室殺人が起きるという、彼にとっても旨《うま》みが生じた事件だった。

その神岡翔太郎《しょうたろう》から先月に連絡があり、夏に乗鞍高原《のりくらこうげん》の別荘に招待したいとのことだった。彼の友人たちも集うらしい。

メルにはこの手の誘いが多く、それは感謝の表れというよりも、見世物的な要素が強かった。探偵というのは珍しい存在なので、芸能人やスポーツ選手ほどではないにしろ、サロンで格好の肴になるからだ。もちろんメルは相手の意図も承知しているので、いつも通り断っていたのだが。

「乗鞍高原か。たしかにのんびり出来そうだが」

メルの返事がまんざらでもなかったので、すぐさま神岡に半月ほど逗留《とうりゅう》できるかと電話したところ、快い返答が戻ってきた。

聞けば神岡は欧米人のバカンスよろしく、毎年夏場のひと月を別荘で過ごすらしい。その間ならどれだけ滞在してくれても構わないとのこと。

そういうことで一度は断った誘いを受けることになった。もちろん私もメルに同行する。ほっと一安心だ。

もしメルが避暑地の高級リゾートホテルに長期逗留するとなったら、私に滞在費など払えるわけもなく、灼熱《しゃくねつ》地獄の大阪に居残りになっていたからだ。いくらエアコンが効いているとはいえ、賃貸マンションの一室でひねもすPCに向かいながら過ごさなければならないところだった。


一週間後、ノートPCを後部座席に載せて、私たちは乗鞍高原に向かった。

朝に出発し、小牧《こまき》、松本《まつもと》と高速を経由して乗鞍高原の別荘に着いたときは、既に三時を過ぎていた。さすがに大阪から車で気軽に行ける場所ではない。

神岡は名古屋《なごや》の人間なので中央道を北上するだけで済むが。ただ昼前に名古屋近くを通過した事を考えると、名古屋からでも半日近くはかかるだろう。頻繁に往復するには面倒な距離だが、ひと月も逗留するならむしろ手近な部類なのかもしれない。

神岡の別荘は乗鞍高原の中心地から少し登った見晴らしのいい場所にあった。大手不動産会社が別荘地として開発した地区で、適度に疎《まば》らな間隔で十数軒が固まっている。それぞれの別荘の風呂には温泉が引かれているらしい。

高原の景色は、抜けるような青空と鮮やかな緑のコントラストで癒やされるが、どこも似たり寄ったりなので迷いやすい。実際、風景に見とれて道を一本間違えたのだが、そのせいで三十分もロスをしてしまった。その後は折角の景観もそこそこに、カーナビに集中することになる。味気ないカーナビの指示通り、綺麗に植樹された並木道を何度か折れると、やがて瀟洒《しょうしゃ》な門柱が現れ目的の別荘に到着した。

焦茶色《こげちゃ》のレンガを積み上げ、その上に赤みがかった瓦屋根が載った洋館風のコテージ。玄関や窓枠だけが白く彩られている。三階建てで、二階の切妻屋《きりづま》根と交差して窓がついた三角屋根が三組飛び出している。

一階は半分が仕切りのない車庫になっていて、既に四台の車が停まっていた。車庫は広く、私が車を停めてもまだ余裕がある。

エンジン音で気づいたのだろう。車を降りると同時に玄関のドアが開き、ポロシャツ姿の神岡が現れた。高速道路を降りたとき一報を入れておいたので、反応が早かったようだ。

年は三十半ば、長身で細身の体格をしている。茶色の短髪で、細い眉の上の額が広い。彫りが深いイケメンで、高い鼻に洒落た黄色い丸眼鏡をかけている。そのくせどこか実直そうな印象もある。

「ようこそいらっしゃいました。メルカトルさん。大阪からだと大変だったでしょう」

労《ねぎら》うように神岡が出迎える。

「そうですね。彼の運転が荒くて」

メルはわざとらしく背伸びして、しれっと答える。ずっと助手席でふんぞり返って景色を堪能する

ばかりで、一度も交代を申し出なかったくせに。メルは澄み渡った青空を見上げると、

「いい場所ですね。新しい別荘のようですが最近買われたんですか？」

「四年前に。思うところがあって」

少しばかり声のトーンが沈む。それが引っかかったが、メルはスルーして尋ねない。

白い板チョコのような扉を開け玄関に入ると、目の前、下駄《げた》箱の脇に新選組《しんせんぐみ》が立っていた。ダンダラ模様の袖口の水色の羽織《はおり》。半身で日本刀に手を掛け、今にも斬《き》りかかりそう。驚いて、思わず尻餅をつきそうになる。

「人形だよ。何を慌てているんだ、騒がしい男だな」

メルカトルが呆れた声を出す。よく見るとたしかにマネキン人形だ。衣裳こそ新選組だが、頭は丁髷《ちょんまげ》ではなく今風の茶色い短髪。焦茶色の瞳の彫りが深い顔も、抜刀《ばっとう》の瞬間にも拘わらず穏やか。まるで京都観光に来た外国人がコスプレしている感じだ。

「妹が好きでしてね。いくつか置いてあるんです」

「衣裳は妹さんが作られたのですか？」

私が尋ねると、神岡は首を横に振った。

「いえ、友達の優月《ゆづき》さんが作ってくれたんです。妹は優月さんの服を着るのが好きで。……今は形見《かたみ》として飾ってあります」

ぽつりと漏らす。

聞けば、神岡の妹の美涼《みすず》は五年前に白血病で亡くなったらしい。大学卒業を間近に倒れ、半年の闘病の後のことで、まだ二十三歳だった。両親を早くに亡くしたうえ、神岡は起業した会社にかかりっきりで、同居していた妹の体調不良に気づけなかった。

「美涼が子供の頃、乗鞍高原に遊びに来たことがあったんです。まだ両親が健在だったときで、美涼の中で一番の想い出になっていたんでしょう。入院中ももう一度乗鞍に行きたいと何度も口にしてました

から」

それでこの地に別荘を買ったのだという。

「これが美涼です」

壁に飾ってある写真を神岡は示した。ストレートの黒髪に兄に似て彫りの深い顔立ちで、幸せそうな笑みを満面に湛《たた》えている。整った目鼻立ちだが、美人と云うよりもボーイッシュな美形といった印象だ。たしかに彼女なら新選組の衣裳も似合っただろう。

美涼の写真はそれひとつではなく、玄関だけで下駄箱の上などに大小五つが置かれていた。花が好きだったのか、どれもカラフルな花と一緒に写っている。

「ようこそ、いらっしゃいませ」

柔らかな声とともに二階から階段を下りて現れたのは、花柄のサマードレスを着た細身の若い女性だった。写真の美涼と同じような長い黒髪だが、こちらは正統派の美人顔だ。

「妻の和奏《わかな》です」

神岡が紹介する。聞くとこの春に結婚したばかりの新婚らしい。二人の指にはお揃いの結婚指輪が塡《は》められていた。

和奏は美涼の大学時代の友人で、美涼の生前から神岡とは面識があったようだ。美涼が大学の遊び仲間を家に呼んでいたのだが、彼女の没後は神岡が自宅や別荘に彼らを招いているらしい。

仕事一筋で趣味もスポーツも遊び相手もない神岡にとっては、妹を偲《しの》ぶ仲間であると同時に、今は大切な年下の友人たちだという。みな名古屋に就職したために現在も繋がりが濃く、妻となった和奏を含めて全員で六人いるらしい。今日来ているのはその中の五人で、残る一人は明日到着する予定らしい。

リヴィングは階段を上がった二階にあり、一階は書庫や物置、浴室になっている。二階にリヴィングがある理由は、通されてすぐに理解できた。四方の壁面のうち南と西の二面が開放的なサッシのフランス窓になっていて、そこには乗鞍の雄大な山並みがパノラマのごとく広がっていた。窓枠も視界の邪魔にならないよう、細い桟が使われている。

「美涼が愛した景色です」

誇らしげに神岡が説明する。フランス窓の外は西側だけテラスになっていて、二人用のテーブルが二つと四脚の椅子が並べられていた。

二階には西向きの客室があり、各部屋に乗鞍を眺めるための小さなベランダが迫り出しているらしい。夫妻の寝室は三階の三角屋根の部屋にあるとのこと。

乗鞍の絶景に気を奪われていたが、リヴィングの入り口の両脇には貴族の舞踏会を思わせる男女のマネキンが立っていた。いずれもロココ調の煌びやかな夜会服で、女はパニエでスカートが膨らんだドレス、男は派手な刺繡《ししゅう》に覆われたコートに白いレースのジャボと袖口。写真の美涼なら、男女どちらの衣裳でも似合いそうだ。

「この衣裳も優月さんが作ったんですか」

目を細めながら私が尋ねると、

「はい。これは一昨年作ったもので、美涼が袖を通す事は無かったのですが……。毎年、集まりの時に二、三着、持ってきてくれます。マネキンや小道具は私が手配して、飾っているんです」

「優月は衣裳作りが趣味でいろいろ服を作るんですけど、自分はチビだからとスタイルのいい美涼に着て貰っていたんです。美涼も優月が作る服が好きで、喜んでモデルになってました」

神岡を補足するように和奏が説明する。そして苦笑しながら、

「美涼がハンサム顔でしょ。だからタカラヅカ的な衣裳ばっかり。なので外に着ていけるものはひとつもありませんでした」

そうつけ加えた。優月は実家で家事手伝いをしているらしい。見るからに高級な生地《きじ》からして、裕福な実家なのだろう。

「じゃあ、特に服飾関係の仕事をしているわけでもないんですか」

生地の縫い目を観察しながらメルカトルが尋ねる。

「着せたい相手がいないと何も浮かばないと云ってました。だからプロは無理だと。私たちは大学に入ってからですけど、優月と美涼は高校も同じで、そのころからずっと優月のモデルになっていたみたいです。文化祭ではファッションショーを催したとか。玄関に飾ってある新選組が、その時の想い出の作品らしいです」

「美涼は芝居好きだったのですが、昔から身体が弱く、演劇の道は諦めていましたから。せめて服装だけでもなりきりたかったのでしょう」

神岡は寂しげに口にする。リヴィングにも美涼の写真は多く飾られていたが、白い歯がこぼれる健康的な笑顔からは、病魔の影は全く見られない。

広いリヴィングには他に平安貴族や西洋騎士、中国の役人《マンダリン》など芝居がかったマネキンが幾つも飾られている。

「それでは美涼さんが亡くなってからも、ずっと彼女の服を作り続けて」

「はい。ただ最近は並行して私たちの服も作ってくれています」

片隅に立っている黄色いポンポンを振りかざすチアリーダーの服を指差した。

「あれは私がモデルなんです。高校でチア部に入っていたのを優月が聞いて、写真を見せて欲しいと」

「だからモデルの人形のサイズが違います。和奏の方が少し背が低いので、別に用意しました」

誇らしげに神岡が云う。

「リハビリみたいなものですが、優月も少しずつ新しく歩み始めて」

「本当に美涼さんは好かれていたんですね。……いや、優月さんだけではなくあなたたちにも」

「美涼は私たちの中心にいたんです」

和奏が云うには、美涼は虚弱体質だったが引っ込み思案な性格ではなく、常に明るくリーダーシップもあり、ここに集う彼らの輪の中心にいたという。死んで五年経っても全員が別荘に集い続けるのも、彼女の人徳によるものらしい。

「だから美涼は後悔することなく天国に行けたと思っています」

神岡が静かに乗鞍を見上げた時、リヴィングの扉が開いてひと組の男女が現れた。男は中背で、Tシャツの袖からダヴィデ像のような筋肉質な腕が伸びている。ただ顔はダヴィデというより、豊臣秀吉《とよとみひでよし》のような猿顔だったが。もう一人は小柄でふっくらした女性だった。短髪で丸顔。くりっとした目許が可愛《かわい》らしい。女のほうは視野にメルを捉《とら》えるや否や、大きな瞳を輝かせて、

「もしかして噂の銘探偵さんですか！」

甲高い声で駆け寄ってくる。

「そうですね」

気分を害したふうもなく、メルはシルクハットを脱ぎ軽くおじぎした。

「とても素晴らしい衣裳ですね。こんど私が真似て作ってもいいですか」

メルカトル本人より衣裳の方に釘付けのようだ。今すぐ採寸しかねない勢いに、さすがのメルも苦笑いしている。

「銘探偵さんがこんなお姿なら、神岡さんも予め教えてくれればよかったのに。一風変わってるとしか云わずに」

「いや、みんなを驚かそうと思ってね」

なぜか神岡は得意げだ。

おそらく彼女が中山《なかやま》優月だろう。先ほど聞いたエピソードとは印象が違うが、それだけ立ち直ってきたということだろうか。

「人形のコレクションにするんですか。構いませんよ。ここで飾られるほうが、マダム・タッソーの蠟《ろう》人形《にんぎょう》館よりは居心地がよさそうだ。ただどうせ真

似るなら、マネキンも私そっくりにしてほしいですね。既製品ではなく」

「それはもちろん。ご要望とあらば……和奏たちは顔まで似せるのをむしろ嫌がっていたので」

神岡は口許を綻ばせて頷く。

「だって、さすがに気持ち悪いでしょ。暗がりでうっかり出くわしたりでもしたら」

悪びれず和奏が云う。

「私だけでなく、美涼も嫌がってましたし」

「昔、作らせたんですが、不気味の谷にしかなりませんでした」

神岡は苦笑いする。その瞬間、不気味の谷とは違う意味で不気味な感触が私の背筋を襲った。この兄なら、妹のデスマスクを作りかねない……。

「美涼がいなくなってから、こんなに誰かの服を作ってみたいと思ったのは久しぶりかも……メルカトルさんはしばらくここに滞在されるんでしょう？」

優月が無邪気で情熱的な告白をしているとき、後ろのダヴィデ秀吉が厳しい目でメルカトルを見ていることに気がついた。いくつか理由は考えられるが、今は保留しておこう。

秀吉は優月との間に割って入ると、大袈裟《おおげさ》にお辞儀をして茂住大夢《もずみひろむ》と名乗った。美涼とは大学からのつきあいで、今は伯父が経営する食品会社に勤めているとか。昨日から別荘に来ているらしい。

「よろしくお願いします」

口調こそ慇懃《いんぎん》だが、威嚇するように丸太のような腕を見せつける。

「立派な腕ですね。何かされているのですか」

メルカトルがストレートに尋ねる。いつもなら少しは推量しそうなものだが、やはりまだ万全ではないのだろう。

「中学から大学まで水泳を。いまも週末に泳いでます」

リンゴがあればそのまま握りつぶしてジュースにしかねない目つきだ。メルは気づいていないのか、茂住の威嚇に対し邪気のない笑みを浮かべている。

「茂住君。四年の時はもう少しで国体に選ばれるところまで行ったんですよ。惜しかったなぁ」

懐《なつ》かしむように優月が口にすると、

「まるで観てきたように。決勝戦の応援に行ったのは私でしょ。優月は家で美涼の服を作ってたくせに」

和奏が呆れて声をあげる。

「服を縫いながら、頑張れって応援してたから。ねっ」

と、茂住の顔を見る。強ばった茂住の表情が一瞬で緩む。はあと和奏が小さな溜息をついた。

メルカトルは鈍い表情のまま、

「先ほど和奏さんのチア衣裳を拝見しましたが、茂住君の服も作られたんですか?」

「はい、去年に。競泳用のハーフスパッツを。布地が少ないのですぐ作れましたけど」

あっけらかんと微笑む。茂住は一転して引きつった笑みを浮かべている。それでもメルは気づかない。

「それじゃあ、あとでそのお手軽なマネキンを拝見しようかな」

と呑気に笑っている。

「ところで五人ということは、あと二人いるんですよね」

緊迫した空気を紛らわせるために、私は慌てて割って入った。

「はい。朝に二人で上高地《かみこうち》へ行きましたが、もうすぐ戻ってくる頃合かと」

神岡の言葉に示しあわせるかのように、リヴィングのドアが開き二人の男が現れた。防音がしっかりしているので、ドアを閉めると車も含め外の音が遮断されるようだ。となると、神岡はどうやって私たちの来訪を知ったのかと疑問に思ったが、屋外のテラスのテーブルに残されたコーヒーカップがあっさり答えを教えてくれた。

新たに現れた男たちは、どちらも長身でガタイがいいスポーツマンタイプだった。

和奏は昔チア部だったわりには、手折れそうに身体の線が細い。優月は小柄で洋裁のインドア系。美涼も写真で見る限り細身だ。対して男たちは茂住も含め三人ともみな筋骨隆々。大学時代、どういうグループだったのか気にはなる。

男のうち、一人は額を少し出したツーブロックの髪型。目つきが鋭いイケメン。もう一人は色白の茶髪で細い目が少し垂れたおっとりした顔つきだった。

「こちらが噂の探偵さんですか」

イケメンの方が一歩踏み出し握手を求めてきた。メルカトルも手を出して応対する。

「猪谷拓真《いのたにたくま》です。今日からよろしくお願いします」

彼らは一週間ほど滞在する予定らしい。猪谷は名古屋の自動車メーカーに勤めていて、今回必死で有給をかき集めたとか。

「休む分の仕事を前倒しで処理するのに、この半月は死にそうでした。たぶん帰ってからの半月も死にそうになるでしょう」

自虐を交えながら爽《さわ》やかに笑う。さすがに神岡のようにまるまるひと月リゾートを楽しむわけにはいかないようだ。

もう一人の垂れ目の方は漆山光輝《うるしやまこうき》と名乗った。見た目通りのおっとりした口調だが、

「社長に伺いましたが、メルカトル鮎というお名前なんですね。一風変わってますが、芸名なんですか」

ストレートに尋ねてくる。とはいえ悪気はないようだ。

「本名です」

メルが即座に答える。メルとは学生時代からのつきあいだが、ふと彼の学生証を見たことがないのに気がついた。

「それより、社長というのは？」

「それは」と神岡が割って入る。「漆山君は私のところの社員なんです。ここでは社長呼びを止めるよう云ったんですが、律儀な性格なもので。美涼が彼なら大丈夫と推薦してくれてね。実際会社の役に立ってくれています」

会社では営業職に就《つ》いているらしく、事件の時は東京に出張していて、メルの活躍を見ることができなかったらしい。他のメンバーと違い目撃するチャンスがあっただけに、悔《くや》しさも一入《ひとしお》だったようだ。

「体力だけは人並み以上にありますから」

「小学校から高校まで、ずっと野球バカだったんですよこいつ。高校野球も四番で愛知県のベスト八まで進んだくらいで」

肩に手を掛け猪谷が茶化す。

「だからいつもは優しいですけど、万が一怒らせてバット片手に殴りかかられたら、誰もこいつに敵《かな》わないですよ」

たしかに茂住に匹敵する腕や胸筋を見れば、説得力がある。

「神聖なバットで人なんか殴らないよ。殴るときは素手で殴るから。まだ殴ったことはないけど」

「無理だな。バットを持ったお前が怖いんであって、素手ならピボットひとつでいくらでも躱せるよ」

「なに、上高地で揉めたの？」

軽快な猪谷のステップを見ながら、優月が尋ねかける。

「いや、何も揉めてないって」

猪谷は即座に首を振った。

「それどころか和気藹々《わきあいあい》と二人で河童《かっぱ》焼を食べたくらいだよ。ただね、カップルが多くてさ。というかカップルばかりだったから。漆山が不機嫌になって」

「別に不機嫌になってない」

柔らかい表情のまま、漆山がやんわり否定する。

「優月も一緒に来ればよかったのに。最初はその予定だったんだろ」

「数あわせのために？」

猪谷に向けて優月は頬を膨らませる。

「私も行きたかったけど、最後の仕上げが残ってたから。でもようやく終わったから明日からはいつでも行けるよ」

そして漆山の方を向くと、

「漆山君。私、メルカトルさんのこの衣裳を作らせて貰うことになったの。もし上手く作れればメルカトルさんに着てもらえるかも」

そんな話になっていたかな、と少し前の記憶をたぐり寄せるが出てこない。

それより、イジられても穏やかだった漆山の瞳が一瞬だけ鋭く光ったのが気になった。もちろん背後の茂住の表情も強ばっている。

対照的に猪谷は訳知り顔でニヤニヤしているだけ。

メルカトルは……無表情だった。

＊

夕食は日が傾き始めた六時半からリヴィングで行われた。乗鞍岳に日が落ちる様子を眺めながらの会食で、神岡の一推しだった。

リヴィングはダイニングと兼用で、奥に厨房がある。一枚板の木目を強調した八人掛けの大テーブルには、和奏が作った料理と業者に頼んでいた料理が交じって並べられていた。神岡たちはどれが和奏の手作りか知っているようだが、初めての私には区別がつかなかった。それほど並んだ料理の出来映えに差がなかったからだ。聞くと、料理が一番の趣味で、大学在学中から料理教室に通っていたらしい。

それよりも気になったのはテーブル中央に花に囲まれ飾られている美涼の写真だった。いつものことらしく彼らは普通に食べているが、法事の会食のようで私は少し気詰まりだった。メルはと隣を見やると、平然と食事を口に運んでいる。

　どうやら気にしているのは私だけのようだ。

「明日は席をどうしましょう？」

　日が沈み乗鞍岳に後光が射したようなシルエットが映ったとき、和奏がぽつりと呟いた。

　今、私たちを含め八人ちょうどなので八人掛けのテーブルに収まっているが、明日はもう一人来る。九人になって一人あぶれるわけだ。

「大丈夫。美袋君はテラスの方が好みのようです」

「おい」といつもの調子で声を荒らげそうになったが、この中で私の序列が一番低いことに気づく。なにせメルにくっついてきただけのおまけの存在なのだ。すると間髪入れず猪谷が、

「俺が彼女と一緒にテラスに行きますよ。やりたいこともあるんで」

「そうか二人で景色を独占すればいいわけね」

　察したように優月が声を上げる。

「やりたいことって、まさか！」

　茂住も漆山もにやついているが、神岡が代表して尋ねると、

「ふふ」と隣の和奏が意味ありげに含み笑いをする。「婚約指輪を選ぶのに一日つきあわされたの」

「じゃあ。やっと決めたのか」

「はい。明日彼女が来れば、指輪を渡してプロポーズします」

　なんの照れもなく猪谷は宣言した。爽やかすぎる表情。あまりに堂々としていたので、最初は私たち二人が担《かつ》がれているのかと疑ったくらいだ。

　しかし至って真剣な口調で神岡が、「おめでとう」と口火を切ると、他のメンバーも次々と祝い始めた。クラッカーを鳴らしそうな勢い。メルカトルさえ目出度《めでた》そうに拍手をしている。釣られて私も「おめでとうございます」と声を掛けた。

　明るい話題が舞い降りたためか、それからの会話はいっそう弾むことになった。その勢いに乗ってか、神岡が最近売りに出された隣の別荘の購買をメ

ルに勧める。しかし何のいわくもないただの別荘に興味がない彼はにべもなく断っていた。

ついで本命であるメルの探偵譚《たん》をみなが聴きたがったが、

「それは美袋君のほうが詳しいでしょう。何せ私の活躍を活字にして金儲《かねもう》けをしているくらいですから」

とあっさり私に丸投げされた。招待された手前、「本を読んでください」と冷淡に拒《こば》むこともできず、「また明日にでも」とお茶を濁す。

とはいえ、どの話をすればいいのだろう？

どのエピソードを語っても目の前の男が名探偵でも聖人でもなく、ただの悪人だと知り幻滅するだけなのに。かといって、メルを美化して騙《かた》るのは私の良心が許さない。

悩む私を除いた全員が和やかなムードの中、夕食を終えそろそろ解散になろうとしたとき、ひとつ事件が起こった。

椅子から立ち上がりシルクハットを人差し指でくるくると回していたメルカトルだが、そのシルクハットが指から飛び出し正面の神岡に向かっていったのだ。

メルにしては珍しい失敗だ。目にしたのは初めてかもしれない。

シルクハットを避けようとした神岡は思わず体勢を崩し、椅子から転げ落ちてしまった。幸い床に右手をついて大事には至らなかったが、その際右手首を少し挫《くじ》いてしまったらしい。

慌てて駆け寄ったメルが謝罪したときも、「大丈夫です」と微笑んでいたが、手首を捻って気にしているようだった。

「君にしては珍しい失態だな」

客室に戻ったあと私が問いかけると、反論してくるどころか、

「神岡さんには申し訳ないことをした」

としおらしく反省している。そして首を傾《かし》げなが

ら、

「やはり本調子ではないのかもしれない」

　と呟いている。いつものように反撃されないと、こちらも調子を崩す。

「そのための静養なんだから。ゆっくり休めばいいんじゃないかな」

　仕方なくまともな言葉を投げかけることになる。

「……ところでメル。ここで静養できそうかい」

「気になることでもあるのか？」

　逆にメルが問いかけてくる。

「なんだか美涼さんの亡霊がうろついている気がしてね」

　彼女の写真は客間に続く廊下の壁にもずらっと飾られていた。優月が作った衣裳のマネキンも同様だ。その中には新選組のように生前の美涼が纏ったものも含まれていることだろう。そう正直に答えると、

「少なくとも彼らの心の中にはまだ生きているみたいだからね。死んでもなおグループの中心に位置しているというわけだろう」

「まあね」

　不謹慎だが、彼らの想いが募《つの》りすぎて美涼が実体化したとしても驚きはしないだろう。確かそういう怪談があったはず。

「誰もが美涼という穴を埋め切れていない。みんな蓋の開いた底なし井戸の周囲を手探りで歩いているようだ。いつ落ちても不思議ではないな」

　意味ありげにメルが呟く。

「つまり……事件が起こるってか。そこまでは考えてなかった」

「私にここを提案したのは君だ。そして君は云わずと知れた厄病神《やくびょうがみ》だ。だとすれば事件が起こる確率が跳ね上がると思わないかい？」

　いつものメルに戻ったのか、彼は嫌らしい笑みを顔一面に浮かべた。

## 2

幸い、夜中に殺人事件が起きることはなかった。

静かな高原の山荘で心地よい朝を私は迎えられた。少し早起きした私は凛とした空気に感動しながら、朝靄が立ち籠める遊歩道を三十分ほど散歩をした。目と肺の保養を済ませたあと、ノートPCを立ち上げ原稿に取りかかる。リフレッシュもしたし、迫る乗鞍岳を窓の壁紙にしていれば、いいアイディアも浮かびそうだ。

ところが数時間、昼食の時間が来ても素晴らしいアイディアは降りてこず、ひたすら乗鞍岳を眺めているだけだった。霧の乗鞍はすっかり晴れ、相も変わらない偉容を見せつけている。私の原稿もまた何の変化もなかった。

昨日の昼は漆山と猪谷が上高地に行っていたが、今日は食卓に全員が揃っている。ただ昼食後、優月と漆山、茂住の三人は十キロほど離れた白骨《しらほね》温泉に繰り出し、和奏と猪谷は鐘《かね》ヶ《が》淵《ふち》という渓流に釣りに出かけるようだ。乳白色の湯で有名な白骨温泉はともなく、鐘ヶ淵は地元の人も来ない超穴場らしい。詳しい場所を聞くと、別荘に来る途中に道を間違えた際に通りがかった淵だった。あまりの寂しさに、ようやく道を間違えたことに気づいたほどの。ただ崖の上の緑が鮮やかに繋り、底が見えるほど水が綺麗だったのはよく覚えている。

本当は神岡も釣りに行く予定だったらしいが、手首の痛みが引かないため取りやめたらしい。もちろん昨晩のメルカトルのミスが原因だ。

昨日に続いて昼もメルカトルはしおらしく陳謝している。神岡には悪いが、こんなメルカトルを目の当たりにできるのならもう少し痛めたままでいてほしいくらいだ。

迷彩柄のシャツを着た猪谷とピンクの長袖シャツにサングラスを掛けた和奏は、畳んだ竿《さお》を片手に神岡に見送られ、黒のヤリスで別荘を出る。朝の十時頃に、名古屋を発《た》ったと婚約者から電話があったらしく、猪谷の声は弾んでいた。

「指輪と一緒に釣った川魚もプレゼントしたらどうだ」

と茂住が冷やかしている。

その茂住たち三人も、猪谷に続いて玄関を出た。いわゆるドリカム編成で、青いシャツを着た優月を先頭に漆山と茂住が横に並んでいる。三人が乗る白のカローラは逆に、漆山が運転し、助手席には茂住、後部シートに優月が一人座っていた。

もちろん男二人は牽制《けんせい》し合ってピリピリしていたが、当の優月は何も気がついていない様子。

白骨温泉は当然私もピックアップしてあるが、別荘に引かれた風呂の湯も透明ながらいい感触だったので、飽きた頃に訪れようと考えていた。

「猪谷君に続いて、彼らのどちらかも納まってくれれば云うことはないんだがね」

三人を乗せた車が小さくなって消えたあと、神岡がぽつりと洩らす。

神岡の気持ちはなんとなく理解できる。猪谷はグループ内で収まったが、優月にしろ男二人にしろ、もし外で結婚すれば美涼を知らない部外者がグループに加わることになる。神岡も来るなとは云えないだろうし、できるなら内輪でという想いはあるのだろう。

「神岡さんは、どちらが優月さんに相応《ふさわ》しいと思いますか」

意地悪な質問を投げかけてみた。

「声に出ていましたか」

神岡は驚いて眉をピクッと上げたが、

「それは私にはなんとも……。社員の漆山君には幸せになってほしいですが、さすがにそれは身勝手なえこひいきに過ぎませんから。漆山君だけでなく優月さんにも失礼です」

実業家らしい無難《ぶなん》な答えが返ってきた。

「死の影が臭わないかい？」

神岡と別れ客室に戻ったとき、メルカトルが口にした。

「昨晩も云っていたな。事件が起こりそうだって」

美涼の残り香が濃厚に漂いむせ返りそうな別荘だが、事件性までは感じない。

「片や恋人へのプロポーズを目前に控えた男。片や三角関係のまま温泉地へ。そして別荘を覆う死者の影」

「ただ君が楽しみにしているだけじゃないのか」

私が睨みつけると、

「そうかもしれない」

あっさりとメルは認めた。

「ここに静養しに来たんだろう。事件を待ち望んでどうするんだ」

そう窘めたが、

「君は思い違いをしている。事件ほど疲労した私のリハビリに相応しいものはない。私利私欲のために強引にここを選んでくれた君に感謝したいくらいだ」

「事件が起きるのが確定しているような云い方はどうなんだ。……まさか前みたいに自分から起こしてマッチポンプをするんじゃないだろうな」

「さすがにそれでは静養にならないさ。これだけ臭っているんだ。私はあるがままの運命に従うだけだよ」

グループ愛に溢れた神岡が聞けば卒倒しそうな物云いのあと、メルは右手を挙げ人差し指を上に突き出した。そこで初めて回すべきシルクハットがないことに気づいたらしい。

「まだまだ本調子ではないようだ」

「私としたことが……」

メルは挙げた右手で額を覆った。心底落ち込んでいるのだろうか。本当に珍しい姿だ。

「思い出した。たしか書庫だ。調べ物をして本を探していたときに机に置いてきた」

「一階の書庫にか。何を調べていたんだ？」

作家には必要だろうからと、昨日書庫を案内してもらっていた。こぢんまりとではあるが、箱入りの古典や文学の全集が並んでいたのを覚えている。

「ヘラクレスの十二の功業は知っているだろ。最初は十のはずだったのが、たしか二つは瑕疵《かし》があって認められなかったんだ。それで更に二つ増えて、結局十二になったはずなんだが、クレームがついた二つはなんだったのか気になってね」

「たしか一つはヒュドラじゃなかったか。従者に手伝ってもらったとかで」

曖昧な知識で答えると、

「ああ、レルネーのヒュドラは私も知っていたよ。従者がヒュドラの首を焼いたやつだ。もう一つが判らなくてさ。たしか書庫にギリシャ神話の全集が並んでいたはずだから、調べてみようかと」

「……もう一つは牛小屋の掃除だろ？　報酬を貰ったとかで」

メルの顔を窺いながらそう答えると、

「正解だ。アウゲイアスに報酬を要求したため無効にされたんだ。アウゲイアスの家畜小屋だよ。なんだ君に訊けばよかったのか！」

「まあ、固有名詞までは答えられなかったけど」

満足しながら私は謙遜した。

「モンスター退治と違って依頼内容が地味だから、君も忘れたのかも」

「二つの河の流れを変えたりと、やってることは他のエピソードより派手なんだがな。まあ、ともかくそれですっきりしたんだが……逆にいろいろと気になってね」

「何をだい？」

「ヘラクレスは十の難行をクリアしたにも拘わらず二つ無効にされた。例えばレルネーのヒュドラのように、私が誰かの手を借りて事件を解決したとしよう。そのことに私ひとりの功績ではないとクレームがついても仕方がない。それは素直に認める。しかしアウゲイアスの家畜小屋のように、報酬が絡んでいるかどうかで成果が覆《くつがえ》るのは納得がいかない。ビジネスかどうかは探偵の名声とは関係ないだろう。刑事も月給を貰っているのに、どうして探偵だけが金の亡者《もうじゃ》と陰口《かげぐち》を叩かれるのか。業績だけを切り離して評価できないものなのか」

感情的に訴えるメル。私が知らないところで、報酬がらみのトラブルでもあったのだろうか？　この手の愚痴は彼にしては珍しい。

「そもそもヘラクレスの難行は自分の子を殺した贖罪《しょくざい》なんだから、報酬を貰ったらまずいだろう。君の仕事と同一視しても意味がないんじゃ」

「そうだっけ？」

メルはびっくりしたように目を丸くしている。

「そうだよ。ヘラクレスの責任じゃなく、ヘラに狂気を吹き込まれた結果だけど。そこは確認してなかったのか」

「ああ。迂闊だった。……私としたことが」

メルは項垂《うなだ》れている。このまま膝から崩れ落ちそうな勢い。

「いままで無駄に憤っていたよ」

珍しいミスはともかく、なぜメルがいきなりヘラクレスの功業を思いついたのかは、なんとなく想像できた。メルの部屋の片隅に、古代ギリシャの王を思わせるマネキンが立っていたからだ。ヘラクレスはほぼ全裸で王の衣裳とは全く違うが、彼の関心を古代ギリシャに引き寄せたのは想像にかたくない。

「ゆっくり静養せずそんなことに苛立っているから、つまらないミスを繰り返すんじゃないのか。昨夜といい」

「かもしれないな。ともかく私は疲れたから、書庫から帽子を取ってきてくれないか」

「構わないよ。病人は労《いたわ》れというのは美袋家代々の家訓だ」

あっさりと私は引き受けた。家訓もあるが、メルが弱っている姿が珍しく見ていて楽しいというのがあるからだ。特に大事なシルクハットを他人に取りに行かせるなんて、初めてのことだ。

私でも覚えている程度の知識をど忘れしたり全くもってメルらしくない。彼はリハビリになると事件を心待ちにしているが、この調子だと実際に起きれば失敗するんじゃないかという気さえする。

つまらないミスはともかく、探偵メルカトル鮎が解決に失敗することまで自分は望んでいるのか？

帽子を取りに行って戻るあいだ、ずっと考えてみたが結論は出なかった。

メルのシルクハットは言葉通り書庫の机の上にちょこんと載っていて、鍔の手触りは思いのほかすべすべしていた。


三時前になり、釣り組の猪谷と和奏が無事帰ってきた。どちらかが川に流され行方不明とかにはならなかったようだ。ただし釣果《ちょうか》は無事とは云えず、イワナがたったの二尾。和奏に至っては坊主《ぼうず》だった。

「釣りがこんなに難しいとは思わなかった」

落ち込んだ顔で溜息をつく和奏に、

「釣りは忍耐だよ」

神岡が格言を宣《のたま》う。無趣味な神岡が最近始めた唯一の道楽が釣りらしい。

「じゃあ、今度こそあなたも一緒にお願いします。二尾とはいわず十尾以上とれるんでしょ」

「それは運次第、釣りの神様の気分次第だな」

訳知り顔ではぐらかす。

「神岡さんも短気なところがあるからなぁ」

靴を脱ぎながら猪谷が茶々を入れる。その時だった。ほどこうとした左足の靴紐《くつひも》がブチと切れたのだ。

「マジか」

猪谷が舌打ちする。私も釣られて声を上げそうになった。云うまでもなく、凶兆の証だ。思わずメルを見ると、彼はにやついているだけ。邪悪すぎる笑みだ。

行きではないのでゆっくり別の紐と交換すればいいだけだが、間が悪いことに立て続けに温泉三人組も戻ってきた。

広めの玄関だが八人全員がたむろするには狭すぎる。仕方なくメルと私、神岡夫妻は二階へと退散した。その際ちらと三人組を見たのだが、名湯のおかげで肌も心も艶やかな優月と対照的に、おっとりとした漆山の表情も茂住の猿みたいな陽気な笑顔も、ともにくすんでいた。

「そもそもの選択肢が間違っているんだよ」

リヴィングで私にだけ聞こえる声でメルが囁く。

「外湯なんてデートで行っても入浴時は別々になるのに、三人だと肝心の彼女が抜けてライヴァルの男二人で顔をつきあわせるしかないだろ」

もっともな話だ。

「もちろん湯船での会話が原因で殺意が芽生《めば》えるということもあるかもしれない」

「昨日からその手の話しかしてないように感じるが、大丈夫か。自分が望めば事件は起きるとか、勘違いしていないか。僕はこれから半月、のんびりと過ごしたいんだ」

ここまで執拗《しつよう》だと心配になってくる。

「君のためでもあるんだよ。最近はろくな事件に巡り遭っていないだろ。そろそろ小説のストックも尽きる頃じゃないのか」

「僕のために事件が起きるのを望んでるってか。止めてくれ。僕は伝記作家じゃなくミステリ作家なんだから」

「君のオリジナル作品の出来映えは、私も充分承知している。だからこその親心だよ」

あまりの正論に上手く云い返せない。ただそれは昨日までの私に過ぎない。なんとしても滞在中に凄いトリックを思いついてやる。メルを見返すためにも絶対に。

創作意欲に燃えてノートPCの前に陣取った私だったが、結局一時間たっても何も浮かんでこない。時計を見ると四時になったところだった。まだ日は高く、乗鞍岳も緑に輝いている。

気分転換に散歩しようと下へ降りると、一階のウッドデッキで居眠りしているメルカトルの姿を見つけた。

別荘の北側、芝生に覆われた庭の先には、花が好きだった美涼を偲んで温室が建てられている。別荘の門柱は南を向いているので、温室はちょうど敷地の一番奥に当たる。別荘から温室まで十五メートルほど。二つを繋ぐ細い石畳にはアーケード状の簡素な屋根が付いていていて、雨でも往来できるようになっていた。

石畳の別荘側の入り口の脇には同じく屋根付きのウッドデッキが設けられている。北向きなので使い勝手が悪そうだが、裏口の手前が温泉風呂で、湯上がり後の夕涼みに使われているらしい。

温室でも見学してから散策を始めようと裏口を出た瞬間、二人がけの木製ベンチに座っている彼の居眠り姿が目に飛び込んできたのだ。驚いたことに隣には紫色のチャイナドレスの女性も座っていた。女性のほうも長身で、二人仲良く肩を寄せ合っている。

銘探偵と謎のチャイナ服美女。

逢い引きの場面でも目撃したのかと、確認するため忍び足で近づいていくと、あっさり誤解だと判明した。

チャイナドレスの美女はマネキンだった。じゃあメルも？　と思ったが彼は本物だった。偉そうに足を組みシルクハットを目深に被ったまま、頭を下げて眠っている。

私の気配で彼は気づいたらしく、びくっと小動物のような反応で顔を上げる。新鮮な仕草だった。

「私としたことが、うっかり眠ってしまったようだな」

そして隣の人形に気がつくと、

「これは君が置いたのかい？」

「いや。君の趣味かと思ったんだが。実は抱き枕《まくら》がないと眠れないのかと」

「まさか。美しいご婦人ではあるけどね。しかしそうなると誰かがこっそり置いたにも拘わらず、私は眠り込んでいたことになるな」

「刺客《しきゃく》じゃなくてよかったな」

冗談めかしたつもりだが、

「全くだ。この私としたことが、こんな隙を見せるなんて」

自嘲《じちょう》気味に唇を歪める。珍しくメルカトルが狼《ろう》狽《ばい》している。彼にとって、ここまで無防備な姿を晒《さら》したのは恥辱以外の何ものでもないのだろう。やはり本調子ではないということか。

可哀想なのでこれ以上突っ込むのは止めることにした。やがてメルは云いわけがましく、

「リヴィングのマガジンラックから適当に持ってきた雑誌を読んでいたら眠くなってね」

「雑誌？」

メルが示したサイドテーブルには何も載っていない。彼のステッキが立てかけてあるだけ。

「君が持っていったのかい？　おかしいな」

メルは再び狼狽する。青ざめた顔で、そのまま失神してしまいそうなほど。もし持ち去られたのが重要な捜査資料なら探偵失格の烙印《らくいん》を押されかねない。気持ちは解る。

「三年ほど前の柔道雑誌で、途中に色褪せた付箋《ふせん》が貼ってあったのが気になって手にとったんだが」

「付箋のページには何が？」

しかしメルは首を振ると、

「最初のページからパラパラと見ていたんだが、付箋に至るまでにうたた寝してしまったようだ……しかし人形が置かれ代わりに古雑誌が持ち去られるとは。まだ静養が必要な身体なのかもしれないな」

「そういうことだよ。徒らに事件なんか期待せずゆ

つくり養生すべきなんだ。そう神様が告げているんだよ」

居眠りといい、その隙にマネキンを置かれたり雑誌を持ち去られたりといい、こうも立て続けに珍しい失態を繰り返すのは本当にメルらしくない。大いなる意志を私が感じとったとしても不思議はないだろう。

「まさか君に神を語られる日が来るとは思っていなかったが、今回は大人しく従っておくか」

メルカトルはベンチから腰を上げ、別荘に戻ろうとする。私が裏口のドアを開けると一歩踏み出しかけたが、再びチャイナドレスの人形に戻り、

「さようなら。名残惜《なごりお》しいが」

マネキンの手の甲に別れのキスをした。それが大体四時すぎ。

事件が発覚したのは、五時にさしかかった頃だった。

3

血相を変えて報せに来たのは神岡だった。彼は四時から散歩に行き五時頃に温室を覗いたのだが、そこで冷たくなった猪谷の死体を発見したのだ。

「猪谷君が殺されてる」

あまりに動転していたため、たったこれだけのことを伝えるのに三分はかかっただろう。

警察に通報するようにメルが指示し温室に向かう。湿気でむせる室内、腐葉土《ふようど》の上に頭を殴られた猪谷の死体がうつ伏せで倒れていた。傍《かたわ》らにはゆるく折れ曲がった金属バットが落ちていた。

「書庫に立っていた野球人形のバットだな」

別荘の書庫の入り口には仁王《におう》像のようにマネキンが二体立っていた。右側の野球のマネキンは青を基調としたユニフォームを着ており反対側は柔道着を着たマネキンだった。黒帯の柔道人形は素手で構え

ていたが、野球人形は左手にグローブを塡め、足には金属バットが立てかけられていた。

「凄いな。側頭部を一撃だ。見事に陥没している」

遺体とバットを見比べながらメルは感心している。

「しかも犯人はバットを片手で握っていたようだ。よほど腕力に自信があったのだろう。まるでヘラクレスだな」

「どうしてそこまで云い切れるんだ」

「被害者を殴ったときに細かい血飛沫が飛んだんだろう。バットの縦一直線に点々と血痕が付着している。ただ、グリップのあたり十センチほどを除いて」

私は自分の掌を見てみた。幅は大体十センチくらいか。

「もし両手でバットを握っていたら、倍の長さは途切れていたはずだ」

「それで片手か。鬼が金棒を振り回す要領で殴り倒したというのか」

「それも一撃でね。よほど腕力に自信があったか、かっとなっていたか。まあ両方だろうな」

片手となるとさすがに優月や和奏には無理だろう。野球部の漆山や、水泳部の茂住は体格的には問題ない。神岡は微妙なラインか。

メルカトルは猪谷の死体をしゃがみ込んで調べていたが、

「蒸し暑い温室にいたせいで細かく絞り切れないが、殺されたのはおよそ三十分前からの二時間、つまり二時半から四時半の間くらいだな」

「彼が釣りから帰ってきたのはたしか三時だったはず」

私が口にすると、

「そう。なので死亡推定時刻は三時から四時半くらいになる。もちろん他の証言次第で更に狭まるかもしれない」

居眠りの最中に隣に人形を置かれて落ち込んでいたはずが、今はやけに生き生きしている。もしかしてメルが倒れたのは過労ではなく、つまらない事件ばかり引き受けたせいではないだろうか？

「君は四時まで向かいのウッドデッキで寝ていたんだろ」

「来たのは三時半頃かな。なので図らずも私という門番がいたことになるが」

「でも居眠りをしていたんじゃ、意味がない」

温室は別荘側にシェードが降ろされていたので、中の様子は窺えない。私がメルを起こしたときもシェードは降りていた。

「窓のシェードは昨日から降りていた。だから私がデッキにいても殺人は行えなくはないが……少なくとも私がいるのを知った上で殺人を断行するのはありえない。撲殺なら被害者が声をあげるおそれも充分ある。温室の防音性能はそこまで高くないしね。ただ私が来たことに気づかず殺害した場合や、凶行後まだ温室に残っている間に私がデッキに来てしまった可能性は考えられるが」

いずれも犯人と被害者が三時三十分より前に温室に来た場合だ。

「しかし結果的には、どちらも成り立たない」

仕切りのない小ぶりな温室を一周したあと、メルはあっさり否定した。

「見たところ、唯一のドアを除き、温室の窓はすべて内側から鍵が掛かっている。もし表のドアから逃げられないのなら、犯人は裏の窓から逃げ出しただろう」

「裏手の窓はどこに繋がっているんだ」

「垣を下って隣の別荘の庭に出る。ただ最近売りに出されて住人はいない。昨日の夕食時に神岡さんが話していたよ。忘れたのか」

話していた気もするがよく覚えていない。そこそこ距離がある隣の別荘の事情なんて、来客である私には関係ない話だ。メルと違っておいそれと買える額でもなし。

「だからいくら私がうたた寝していたからといっ

て、ドアから正面突破するようなギャンブルは冒さないだろう」

「もし見つかったら、君も口封じするつもりだったのかも」

軽く脅したつもりだったが想定済みだったのか、「それもない」とにべなく否定された。

「それだったら凶器のバットを持っていたはずだ。しかし犯人は凶器をここに捨て、帰りは素手で別荘に戻っている」

「じゃあ、君が起きて別荘の中に戻るまでじっと息を潜めていたとか」

「私がいつ目を覚ますか判らないのにか？　君に起こされなかったらさらに三十分、一時間と寝ていたかもしれないんだ。それならさっさと裏の窓から抜け出すだろう。もし神岡さんが散歩から戻るのが早くて、私がいるうちに温室を覗いたら一巻の終わりだしな」

たしかにそうだ。出口がドアしかないならともかく、脱出可能な窓がいくつもある。

「もしかして犯人には窓から出られない理由があったとか。特別な花の花粉にアレルギーを持ってたりして」

「可能性はないわけではないが、逃げ出せる窓は一つだけじゃないからな。裏手の窓の全てにアレルギーがある花が咲いていたとは考えにくい。またそれだけ危険なアレルギーを持っていたなら、そもそも温室を犯行現場に選ばないだろう。ともかく常識的に考えれば犯行時刻は私が来る前と去った後の、三時から三時半、そして四時から四時半の可能性が高いな」

メルカトルが結論づけたとき、パトカーが到着する音が聞こえてきた。

＊

それから警察の現場検証と事情聴取が始まった。

現場の担当は桂淵《かつらふち》という喰えない小柄の中年刑事だったが、メルがいつものように裏技を使うと、

「また上層部のコネですか。困ったことに多いんですよ、そんな自称名探偵が。このままは冤罪《えんざい》騒ぎになって大変だったんだから。不当逮捕だなんだとか。あなたはちゃんと当ててくださいよ、犯人を」

ダミ声でぼやいたあと、面従腹背《めんじゅうふくはい》を隠すことなく従う。ある意味、肝は据わってそうだ。

警察の鑑定結果もメルの見立てと大差はなかった。犯行時刻は三時から四時半の間。まあ、三時に全員に目撃されているのだから、大きく狂いようはない。

ただ、メルの証言には慎重で、

「眠っちゃったんですか」そうニヤついたあと、

「眠ったのなら通り過ぎても気づかないでしょうね。まあ関係者のアリバイを調べればもう少しはっきりするでしょう」

と挑発気味だった。

また被害者には他に外傷も抵抗のあともなく、本当に金属バットの一撃で沈んだようだ。

彼のスマホには二時台に、婚約者からの電話やメールがいくつか入っていた。どうも途中で道を間違えて、来るのが大幅に遅れているらしい。ただ三時から四時半の間に通話や発信がないため、猪谷がいつまで生きていたのかは判らない。事件発覚後神岡が彼女に電話したが、猪谷のことは一切伝えなかった。動揺して事故でも起こしたら元も子もないからだ。神岡が感情をコントロールしながら応対したおかげで、向こうも特に不審に思わなかったようだ。

婚約者も今日のプロポーズのことに薄々気づいているかもしれない。だとするとどきどきしながら別荘への道を運転しているはず。もしかすると道を間違えたのも興奮ゆえだったかもしれない。

それなのに到着早々、最愛の人の死を知らされるのだ。やるせないことこの上ない。それもこれもメルカトルが不吉な予言をしたせい。

せめて彼女が到着した時に犯人が逮捕されていれば救いになるのではないか？

ダメ元でそうメルカトルに持ちかけてみた。するとメルは意外にも大きく頷き、

「本来なら神岡さんなりの依頼を受けてから動くのが筋だが、今回は静養中のリハビリだ。いつもの私と違うミスも多かった。仕方ない、ヘラクレスを真似て無償で挑戦してみよう」

メルの様子に婚約者を不憫《ふびん》がっているところはない。むしろ自身のプライドのほうが大事なようだ。もしかすると不調を実感していて、万が一の失敗を恐れてボランティアの形にしたのかも……。

一旦勘ぐり始めると、まるで真実のように思えてくる。はたして今のメルに事件が解決できるのか？かつてなかった不安が湧き上がってきた。

「どうして猪谷君が……」

最初に事情聴取に応じたのは第一発見者の神岡だった。彼は憔悴《しょうすい》しながらも、事件後は妻や年下の友人たちのケアに努《つと》めていた。その辺りさすが一国一城の社長だ。

「なにか心当たりはありますか」

心ない刑事の質問に、神岡は静かに首を振る。

「好青年で、トラブルなど聞いたことがないです。本当なら今日にプロポーズをする予定だったのに」

疲労が漂う声で、がっくりと肩を落とす。美涼の仲間同士で結婚するのは嬉しいと語っていたのを思い出す。これからこのグループはどうなるのだろう。空中分解するのか、美涼が死んだときのように逆に結束が強まるのか……。

「猪谷さんに何か変わったところはありませんでしたか？」

「いえ」と再び首を振る。

「私には……。いつも会っているわけではないので、細かい変化に気がつけたかどうか」

諦めにも似た言葉が漏れる。

凶器のバットは書庫の野球人形のものに間違いないらしい。となると内部犯の可能性が俄然高まる。神岡としても疑いたくはないだろうが、身近に犯人がおり、身近に動機があったと覚悟しているのだろう。

次いで神岡のアリバイに話が移る。

「昼の三時から四時まではリヴィングにいました。その後、散歩をしに外に出て……」

三時から漆山と優月も一緒だったという。二十五分頃優月がリヴィングから去り、五分後の三時半に漆山が出ていったという。漆山と入れ替わる形で和奏と茂住がリヴィングに現れ、四時少し前まで三人が一緒だったらしい。

その後、別荘の裏手にある森のハイキングコースを一時間ほど歩いていた。森は別荘の開発会社の所有地で、別荘地の住人が散策できるよう、さまざまなコースが整備されている。朝に私が散歩したのもその一部だ。パンフレットに描かれた案内図を指でなぞりながら、神岡は当日の散策コースを示していった。

散歩中はずっと独りで、誰とも出逢わなかったようだ。遠くで話し声が聞こえたが、この別荘とは方向が違うので、別の散歩客だろうとのこと。そして五時に戻って温室に立ち寄ったとき、猪谷の死体を発見した。

すぐさまメルカトルに報せに走ったので、温室内のものには何も触れていないという。

「美涼の想い出の地が……」

部屋を出る際、項垂れながら神岡は呟いたが、その言葉には違和感しかなかった。

続いて夫人の和奏が呼ばれる。彼女は事態の深刻さを拒絶するかのように、ぼんやりと受け答えをしていた。折角の美貌も肌の色艶も、今は少しピンボケ気味。

ほんの数時間前まで一緒に釣りをしていたので、

まだ現実を受け入れられないのかもしれない。気持ちは理解できる。

動機やトラブルについて尋ねられても、「プロポーズを喜んでいた」と夫と同じ答え。神岡と違い大学時代からの付き合いなので、気づけたこともあると思うが要領を得ない。釣り場での話を訊かれても、

「……いつもと変わりませんでした。丁寧に釣りの仕方を教えてくれて。結局一匹も釣れませんでしたけど。そのあいだ何もおかしなことはありませんでした。あの魚どうしましょう……」

と通り一遍。もしなにか気づいていたとしても、彼女の記憶から呼び戻すにはもう少し時間が必要なようだ。刑事もこれ以上は無理と判断したらしく、質問をアリバイに切り替えた。

「初めての釣りで疲れて、しばらく三階の部屋で休んでいました」

和奏は三時半にリヴィングに行くまで、自室で一人きりだったという。リヴィングに降りていくと神岡と漆山がいたのは、夫の証言通り。入れ替わりに漆山が去ると同時に今度は茂住が入ってきた。釣りの話で盛り上がっているうち、四時前に神岡が散歩に出ていく。二人で散策することも多いのだが、釣りで疲れていたので今日は断ったらしい。四時を過ぎて優月が再び戻ってくる三分間ほどは茂住と二人だった。二人になった途端茂住は和奏に愚痴り始めたらしい。

愚痴の内容を訊かれても「私の口からは」と言葉を濁す。茂住に尋ねてくれということだろう。優月が来たすぐ後に湯上がり姿の漆山も戻ってきた。それから優月たち三人の温泉話の聞き役になる。神岡から猪谷の死体が発見された報せを受ける五時まで。

「靴紐が……」と和奏がぼんやりした声で口にする。「猪谷さんの靴紐がちぎれたんです。私は迷信をあまり信じないタイプなんですけど、ああいうの

って理由があるんですか。誰かがこれから降りかかる不幸を教えてくれるとか」

誰かというのは、美涼を指しているだろうか？

「例えばトラブルに巻き込まれたり、強いストレスに晒されたりしていると、普段の行動に余分な力が入るのはよくあることです。靴紐が切れたのもその延長かもしれません」

いつになくメルカトルがまっとうに答える。

「すると美涼は関係ないんですね」

あからさまにほっとする和奏。それもまた違和感だ。同時に神岡と違って、和奏は美涼に怯えているように感じられた。


次に呼ばれたのは猿顔の茂住。彼は三時半以降はずっとリヴィングにいたと、和奏の証言を裏付けた。四時を挟んで三分ほど二人だけで、その後優月と漆山が来たというのも同じ。

「和奏さんに愚痴を話されていたとか」

意地の悪い顔で刑事が尋ねる。

「和奏に聞いたんですか」

「内容は教えてくれませんでしたが。差し支えなければ教えていただけますか」

「別に隠すようなことじゃないですよ」

茂住は勢いよく啖呵《たんか》を切ったあと、続けて小声で、

「公言することでもないですけど」

そう付け加えた。そして一瞬躊躇ったのち、

「恋愛相談に乗ってもらおうとしたんですよ」

「恋愛相談？　和奏さんは愚痴と」

「そりゃあ、和奏にしてみれば愚痴に聞こえるでしょうね。さっさと告白すればいいのに、いつまでもうじうじしてるわけだから」

自虐的な口調で茂住は答えた。

「もしかして、相手は優月さんですか？」

意地悪くメルカトルが割って入る。

「ああ、そうだよ」

茂住はメルを睨みつける。しかしすぐに反省したように、

「……いや。猪谷がプロポーズするというんで。焦ったんですよ」

「漆山さんに先を越されるんじゃないかと」

「そういうわけです。だから今回の事件とは関係ありません。そもそも当の優月がすぐに戻ってきて、アドヴァイスをもらう暇なんてなかったですし」

耳を赤く染めながら、話題を打ち切ろうとする。

「それが動機とも考えられますね」

流れそうになる場を引き留めたのは桂渕刑事だった。

「どういう意味ですか？」

「今まで、まだ動機らしいものが出てこなかったんですが、ようやく一つ出てきました。例えば優月さんが猪谷さんと昔つきあっていて、ここで焼け木杭《やぼっくい》に火がついた場合」

「それで私が嫉妬して？」

茂住は呆れたように笑い飛ばすと、

「優月となんて聞いたことありません。もし僕がそこまで直情的なら、とっくの昔に漆山を殺してますよ。……いや、冗談です。この場では不適切でした。一応、正々堂々と勝負しようと紳士協定を結んでるので」

怒りや呆れ、不安に反省。様々な感情が入り乱れた表情で茂住は言葉を吐き出した。

「それに……むしろ。いや、なんでもないです」

最後に言葉を濁す。刑事は言葉の続きを聞きたがったが、茂住の口は貝のように閉じられた。やがて刑事も諦めたのか、退席を促す。ほっとした表情で茂住が立ち上がったとき、

「そういえば」とメルカトルが口を挟む。

「美涼さんは学生時代に誰かとつきあっていたりしていたのですか？」

「いや」と今度は即答する。「美涼は常に輪の中心にいましたが、だいたい昔なじみの優月と一緒で、

誰かと交際することはなかったはずです」

「むしろあなたとしては、優月さんを独占されてやきもきしていたわけですね」

「ノーコメントです」

茂住は再び貝になった。


茂住のライヴァルの漆山は、三時半までは神岡や優月とリヴィングにいたが、それから温泉風呂に入り四時を少し回ったところでリヴィングへ再び行ったという。

「昼に白骨温泉に行ったんじゃないんですか？　もう一度風呂を？」

怪訝そうに刑事が尋ねると、

「ちょっとむしゃくしゃしていましてね」

と隣のメルを睨みつける。茂住と同じ反抗的な態度だが、目許が優しいのでさまにならない。

「リヴィングで優月があなたの話ばかりするんですよ。いやリヴィングだけでなく白骨温泉までの往復の車内でも。それで温泉は茂住と一緒でしょ」

訊かれてもいないのに正直な人間だ。だが狡猾《こうかつ》な犯罪者は一割だけ嘘をつき、残りの九割は真実を語るという。

「衣裳の手直しだとかで優月がリヴィングを出たので、僕も風呂に入り、感情をリセットしたんです」

漆山の主張はもっともらしく聞こえる。次いで刑事が猪谷の死に思い当たることはないかと尋ねると、

「ありません。どうせ僕が疑われているんでしょ」

自虐的な口調で刑事に尋ねかける。凶器は野球部員だった漆山がモデルの野球人形のバットだ。もちろんバットの扱いにも一番手慣れているだろう。

「断っておきますが、神聖なバットで人なんか殴りませんよ」

それは昨日も訴えていた。殴るなら素手ですると。しかし殴るのではなく殺すのならどうだろう？　素手で殴り殺すのは素人には難しいはずだ。それ

に猪谷も恵まれた体格をしている。とはいえ犯人がわざわざ自分がモデルのバットを凶器に用いるというのも、考えにくいところではある。

「あなたは神岡さんの会社に勤めていますよね」メルが尋ねる。「つまり神岡さんも含め全員のことを一番よく知っているわけです。そのあなたから見て、猪谷さんが殺されるような不和の種に心当たりはありませんか」

「僕らの中で一番よく知ってるのは和奏でしょう。いや、社長夫人なので、対外的には和奏さんと呼ばなきゃいけないでしょうが。……それはともかく、社会人になって学生時代みたいに毎日のように会うというわけでもないですし。まあ僕と猪谷は宮仕えの平社員同士ですから、二人で呑んだときも仲間内のことより自分たちの会社の愚痴ばかりでしたよ。もし猪谷が会社で殺されていたなら、いろいろ心当たりはなくもないですけどね。まあいろいろと……」


漆山の事情聴取はここまでだった。

「わ、私は三時半頃までリヴィングにいて……そこから部屋に戻って裁縫の続きを」

アリバイを尋ねられ、優月は小声で答えた。メルに衣裳を作らせてくれと懇願《こんがん》したときとはうって変わり、別人のようにおどおどしている。

「そ、それから、結局気がのらなくて作業が進まなかったので、四時になってリヴィングに戻ったんです」

俯き加減でたどたどしく喋る姿を見ると、まるで良心の呵責《かしゃく》に耐えかねた犯人が自白しているかのよう。もちろんそんなことはないのだろうが……。

優月の証言自体は他の面子と齟齬《そご》もなく、言葉を裏付けるものだった。

被害者について訊かれると、

「い、猪谷君は、優しく思いやりがある人で、美涼も信頼していました。だからこの別荘で猪谷君が殺されたとしたら……」

「殺されたとしたら？」

「いえ、何でもありません」

更に深く俯く。五年前に死んだ美涼が猪谷の死に関連していると、優月は考えているのだろうか？

「ただ……美涼がそれを認めたのかなと」

「あのねぇ」

煮え切らない態度に痺《しび》れを切らした刑事が質問を重ねようとしたとき、

「私の横にチャイナドレスのマネキンを置いたのはあなたですか？」

隣からメルが口を挟んだ。

「お気に召しました？」

弾んだ声で、ぱっと笑顔になる。ものすごい豹変ぶりだ。

「いかがでした？　お似合いのカップルに思えたんですが」

「あれが本物の女性だったら文句はなかったのですが」

苦笑いするメル。

「そうですね！　メルカトルさんにはあれくらい華やかな人がお似合いです」

爛々《らんらん》と目を輝かせる。衣裳やマネキンだけでなく恋人まで調達してきそうな勢いだ。茂住や漆山がこの姿を見たら逆に安心することだろう。……それにしても、つい今まで縮こまってぼそぼそ語っていた女性とは思えない。

「それで人形を置いたのはいつ頃ですか」

「三時三十五分頃です。その気になれなくて外の空気を吸おうと部屋を出たんですけど、そのときに時計を見ましたから」

メルがデッキに行ったのが三時半なので、居眠りを始めて間もない頃だろう。

「メルカトルさんが眠っていたので、慌てて一階の応接室にあった人形を運んできたんです」

「立っているマネキンを座らせたり、結構な大仕事だったでしょう。それなのに隣にいて全く気づかなかったとは、私も銘探偵失格ですね」さらっと自嘲したあと、「ところで、その際、サイドテーブルに置いてあった雑誌を持っていきましたか？」

優月は首を捻っていた。持ち去らなかったのは確かで、雑誌があったかは覚えていないという。サイドテーブルはメルを挟んで人形の反対側だったので、死角に入っていたのかもしれない。

「すると雑誌は犯人が持ち去ったのか」

メルが独りごつ。そして気持ちを切り替えるように足を組み直すと、

「先ほど猪谷さんの死は美涼さんが認めたと云われましたが……」

桂渕刑事を遮ったところまで話を戻す。途端に優月も、零時を過ぎたシンデレラのように俯き加減に戻る。

「……美涼の意志があるのかも」

覚悟を決めたように優月は口にした。顔は伏せたままだが、言葉には芯がある。

「この別荘には美涼が今も暮らしていて、あの温室は美涼が愛した花がたくさん植えられています。美涼の了承なしで殺人なんか起きるはずがありません」

闇に潜んでいた動機が語られると期待したのだが、どうやら話はスピリチュアルな方向に向かいつつある。

思い返せば和奏も靴紐が切れたことに拘っていた。死者の想いが充満した屋敷にいると、そういうベクトルに感化されてしまうのだろうか？

「つまり美涼さんも猪谷さんに殺意を抱いていたと。例えばどんなことが思い浮かびます。猪谷さんが殺される理由としては」

途端に口籠もる。メルは辛抱強く待った。一分、二分。桂渕も空気を読んで急《せ》かさない。やがて三分が過ぎた頃、

「私には判りません。ただ……美涼はお兄さんが大

好きでした。早くに両親を亡くし二人きりの家族でしたし」

ぽつぽつと語り始める。

「……だから、もし猪谷さんが神岡さんに迷惑をかけたとしたら、美涼は許さなかったと思います」


「面白い考え方だ」

優月が退室したあと、感心するようにメルは微笑んだ。今にも賞賛の拍手でもしそうなほどに。対照的に隣の刑事は仏頂面《ぶっちょうづら》だ。刑事としては当然の反応だろう。

「彼女は本質を摑んでいるよ。この事件の」

「美涼の許可の元に殺人が行われたと？」

どこまで本気で云ってるのだろう。私が尋ねると、

「もしかすると私が体調を崩したのも、彼女がここに招きたかったからかもしれないな」

「いつからオカルト趣味に走ったんだ」

ふと昔、彼が心霊探偵を詐称したことを思い出す。

「安心したまえ、ただの冗談だよ。この私が、たかが故人の思念に動かされるようなことはない。ただ優月君の思考には興味深いものがある。もしかすると彼女はいい探偵になれるかもしれないな」

隣席の刑事はますます眉を顰《ひそ》めるだけだった。


死亡推定時刻である三時から四時半までのアリバイに関して、まとめるとこういうことだ。三時から三時半までは和奏と茂住にアリバイがなく、三時半から四時までは優月と漆山にアリバイがない。そして四時以降は神岡のアリバイがない。当の猪谷は三時に別荘に帰ったあと縁起が悪いとぼやきながらすぐに自室に戻り、その後は誰も見ていない。

これに温室でのメルカトルの推理をブレンドすると、三時半までのアリバイがない和奏と茂住、四時以降にアリバイがない神岡に犯行のチャンスがある

ことになる。

　メルの門番は容疑者を二人減らしたが、まだ三人残っている。ただ四時を跨いで両時間帯にアリバイがないものがいないため、犯人がメルが去るまで温室で潜んでいたという線はなくなったと見ていいだろう。

「ところで……」ウッドデッキで一休みしながら、メルは私に話を振る。チャイナドレスのマネキン人形は既に片付けられていた。

「君は私の帽子を取りに一階の書庫へ行っただろ。確か一時過ぎのことだ。あのとき人形の足に金属バットは立てかけてあったかい？」

「それが……よく覚えていないんだ」

　冷蔵庫からくすねたコーラ缶を手に、私は正直に答えた。グローブを塡めた野球青年が立っていたのははっきりと覚えているが、バットまではあやふやだった。なにせ前日にも目にしているので、あった気もするがそれは前日の記憶かもしれないからだ。

　いずれこの質問が来ることを予想して必死で思い出そうとしていたが、必死になればなるほど曖昧になっていく。

　手に持っていたなら消えたことに気づくだろうが、足に立てかけてあっただけでは印象に残らない。

「あったように思うが、なかったかもしれない」

　メルは端から期待していなかったらしく、

「そんなことだろうと思った。折角事件に関わる手がかりを目撃していたのかもしれなかったのに」

「それなら僕なんかに任せずに君が自分で取りに行けばよかったんだ」

「確かにその通りだな。私の失敗だ」

　意外なほど素直に非を認める。事件が起こる前にそれと解って行動することなど不可能なのに。自身の落度《おちど》とする態度が逆に怖かった。

「でも僕が書庫に行ったのは一時頃だった。死亡推定時刻は三時から四時半の間なんだろ。覚えていても意味がないんじゃ」

「私が書庫に行ったのは朝の十一時だ。その時にはバットは確実にあった。もし一時までになくなっていたら、その間にバットは盗まれたことになる」

「白骨温泉組が朝からずっと出かけていれば排除できるだろうけど、彼らが出たのも昼食後だ。何の意味もないだろう」

「そうだよ」

メルは意外なほどあっさりと認めた。

「なんだよ。それじゃ僕が見ても見なくても何も変わらないじゃないか。さっき責めたのはどういう了見なんだ。自分だって現場の前で居眠りをしていたくせに。君さえ起きていれば、三時半から四時の間だけアリバイがない優月さんと漆山君は明確に消去できたんだぞ」

怒りがふつふつと湧き上がり、つい詰ってしまう。

「まあ、そう怒るな。もし一時までにバットが持ち去られていたら、犯人の殺意はそれ以前に生じていたことになる。例えば一緒に釣りに行った猪谷と和奏の間に突然トラブルが生じた可能性などは排除できるだろ」

「それはそうだが。そんな可能性まで考えているのか」

「動機を考え始めればキリはないから、ほどほどにだがね。例えば猪谷が優月と浮気をしていて、婚約指輪の件で本命が自分ではないと知った優月が殺意を抱いたとも考えられるだろ」

「探偵だから想像するのは仕方ないが、当人たちの前で絶対に云うなよ」

念のため釘を刺すと、

「君は事件を早急に解決してくれと云ったり、事情聴取に手心を加えろと云ったり、面倒な人間だな」

「人間的な人間と云ってくれ」

私は反論した。しかし糠《ぬか》に釘で、

「人間は君以上に人間的だよ。それはともかく、もう事情聴取の必要はないがね」

「つまり……犯人が解ったのか！」

「ああ。そうだよ。なんならいますぐ指摘してもいい」

「それは本当ですか？」

いつから立ち聞きしていたのだろう。静かに裏口のドアが開いて中年刑事が顔を覗かせた。

# 4

「犯人が解ったというのは本当ですか」

メルに頼まれてリヴィングに全員を集めた神岡が、代表して尋ねかけてくる。

「本当に？」

隣に腰掛けている和奏もか細い声で確認する。線が細いせいか、事件発覚以来、いつ倒れても訝しくないほど青ざめていた。

神秘的な乗鞍岳を背に陣取ったメルカトルが大きく頷く。山陰《やまかげ》に日が沈み、まるでメル自身に後光が射しているようだ。

「それで誰なんですか。犯人は」

茂住が急かすと恋敵の漆山もおっとりとした口調で、「誰なんです、教えて下さい」と迫ってくる。

おそらくみな忘れているか、考えないようにしているのだろう。この中に犯人がいることを。正常性バイアスの一種なのだろうが、多くの現場で見かける光景だ。

指摘して空気を乱しても意味がないので、私は一歩身を引いて次に来る悲劇に備えていた。

メルカトルは静かに一同を見回したあと、

「そもそもこの事件に私が関わることになった経緯は、多分に不可思議でした。もし私が過労で倒れなかったら、この別荘には来ていなかった。私にしては珍しく体調を崩したがために逗留することになったのです」

「それはよく存じていますが」

ピント外れの言説に、神岡は困惑しているようだ。

「そして殺人事件が起こりました。困ったことに、ウッドデッキで珍しく私は居眠りをしてしまいました。そのせいで死亡推定時刻の幅が広がってしまった。いつも周到な私にしては、本当に珍しいことです。そこの優月さんにも悪戯されましたしね」

すみません、と優月は殊勝にうなだれる。

「それだけでなくこの別荘に来てから私は片手に余るミスを繰り返しました。結果、神岡さんの手を痛めてしまったりね。みなさんは信じがたいかもしれないですが、私がこんなミスをするのは本当に珍しいことなんです」

「なんだか云いわけがましい名探偵だな。こんなのは初めてだ」

桂渕刑事がこれ見よがしにぼそっと呟く。メルは顔色を変えずそれをスルーすると、「この美袋君は私の体調が悪いせいだと信じているみたいですが、果たしてそうでしょうか？　私は疑念を持ちました。銘探偵であるこのメルカトル鮎が、凡人のごとくイージーミスを繰り返すものかと。答えは断じてノーです。だとするとどうして私は珍しいミスを繰り返したのか？　単なるミスでないのだから、そこに意味があるはずだと」

語気を強めたメルに対して、みんな論理の展開が理解できずぽかんと彼を見ている。もちろん私も同様だ。

「最初、私は云いました。珍しく倒れたためにここに休養しに来たと。そして事件に遭遇した。しかし本当は逆なのではないか？　事件に遭遇するために、一度は断ったこの別荘を訪れるために、私は倒れたのではないか。なぜなら私は銘探偵なのだから。

だとするとここに来て犯した数々の不本意なミスにも意味があるのではないか。いや私が銘探偵である以上、意味があるべきなのです。その一つはうたた寝でした。雑誌を読みかけて庭であっという間に寝落ちしてしまった。それに意味があるとすれば答えは一つです。犯人は私が寝入っていた三時半から四時の間に被害者と温室に向かい凶行後また別荘に戻ってきた」

「ばかばかしい」

本当にばかばかしそうに刑事が洩らす。メルは再び彼を無視すると、

「犯行が三時半から四時の間に行われた。それ以外、私が寝入ってしまった理由が説明できない」

「じゃあ、漆山君か優月さんのどちらかが犯人だと？」

思わず口走ってしまい後悔した。彼らの中に緊張が走る。隣に座っている友人が犯人かもしれないと、リアルに悟ったのだろう。

しかし……メルが指摘した時間帯にアリバイがないのはこの二人だけなのだ。

「でもさっき君は、もし自分がデッキにいるのを見たら犯人は裏側の窓から逃げるはずだと云ってなかったか」

「その通りだよ。しかし、もし犯人がうたた寝している私のことを優月さんが新たに作ったタキシード姿の人形だと勘違いしたとしたら。私は前屈みになって寝ていたので、シルクハットの鍔で隠れて顔までは見えなかったはず。それに疲労もあってマネキンのように肌が白かった。加えて優月さんが隣にチャイナドレスのマネキンを置いたために、一セットの人形に見えてしまった」

「つまり……人形を置いた私じゃないのね」

声を弾ませた優月だったが、すぐに漆山に気がつき手で口を塞《ふさ》ぐ。この態度を見る限り、残念ながら漆山に脈はなさそうだ。

「そんな」と当の漆山が垂れた目を更に垂らす。優月はメルカトルの服を作りたがっていた。どのくらいのペースで作れるのかは知らないが、もし昨晩で仕上げたとしたらどうだろう。そう思った漆山がメ

ルをチャイナ人形と並べられた人形だと錯覚した。

……しかし本人の可能性も考えられる以上、裏窓から隣の別荘を抜けて脱出した方が遥かに安全だったはず。

と、そこで漆山のアリバイを思い出した。彼は一階の風呂に入っていた。犯行時は半裸でまっすぐ風呂に戻るしかなかったのだろうか？　それに入浴中なら返り血も簡単に洗い流せるだろう。

そんな考えを巡らせていると、

「私が犯したミスは他にもあります。いつもなら簡単に出てくるヘラクレスの十二の功業について失念していたこと。この美袋君ですら覚えていたのにです。しかも記憶違いのせいで無駄に憤ってもいました。屈辱以外の何物でもありません」

そんなに屈辱だったのか。そうだろうな。

「十一時頃に私は書庫に行き、野球人形に立てかけられた金属バットを目撃しました。これ自体はさして重要でないのですが、次に迂闊にも私は書庫にシルクハットを忘れてきてしまいました。銘探偵の大事な装束を。珍しいどころではありません。それだけでなく私はそのシルクハットをあろうことか美袋君に取りに行ってもらったのです。大切なものを彼に託すなんて。いつもなら絶対に自分で取りに戻るはずなのに……。そして美袋君が昼の一時に取りに行った結果、凶器の金属バットがその時書庫にあったかどうか解らないという残念な結果に陥りました。もし私が自分で向かっていたなら、必ず記憶していたはずです」

「悪かったな。でも僕が見ていたところでなんの手がかりにもならないんじゃなかったのか？」

「その通り。ミスを重ねて残ったのが美袋君のあやふやな証言一つだけ。これなら最初から書庫に調べに行かなくても同じだったわけです。でも私はど忘れして書庫へ行き、逆に帽子を忘れてきて、挙げ句美袋君に取りに行かせた。一連の私のミスに意味があるとしたら、それは彼の曖昧な証言を引き出すことに他なりません。では、銘探偵ではなくワトソン役の曖昧な証言に何の価値があるのか？

難しい設問ですが、答えは一つありました。ワトソン役がぼんくらなせいで事件が進展しなかった。もし彼がきちんと覚えていれば捜査は進展していたかもしれない。そこにあえて有意を見出そうとするのなら、バットの有無によって少しでも影響される人物が怪しいということになります」

「でも僕の証言で誰も影響されないんだろ」

再び私が口にすると、

「実は一人だけいるんだよ。影響される人物が」

意味ありげに私を見たあと、メルは推理を続けた。

「私の失敗は他にもあります。これは一番目立ったものですが」

彼は人差し指でシルクハットをくるくると回し始める。今回は指から飛び出すことなく綺麗に回り続けていた。

「昨夜は珍しくこれに失敗して、結果的に神岡さんの右手を痛めてしまいました。大失態です。……これも今までと同じように推論を重ねることにしましょう。もし私が失敗していなかったらどうなっていたか。神岡さんは今日、釣りに参加していたはずです。つまり私がミスをしたために、猪谷さんと和奏さんの二人で釣りに行くことになったわけです。その結果、猪谷さんが死体で発見されました」

「待ってください。私が猪谷君を殺したとでも」

慌てて立ち上がり、中腰のまま和奏が涙目で抗議する。

「安心してください。私のミスにどのような意味があるかと逆算した末の結論なので、同じ理屈で結論づけた死亡推定時刻もゆるがせにはできません。つまりあなたには立派なアリバイがあります。では、釣りの件に何の意味があるのか？　あなたと被害者が二人きりになったことが、この事件にどんな影響を与えたのか？　物的なものでなければ心的なものかもしれません。それによって動機が生じたとか。心当たりはありませんか？」

　全てを見透かすような物云いに、和奏は黙り込み俯いた。

「例えばあなたと被害者が浮気しており、山奥で二人きりになった解放感もあって恋人同然にいちゃついていたとか。それを犯人に目撃された」

「じゃあ」

　と中年刑事は神岡に目を向けた。だが神岡は自身が疑われたことよりも愛妻の浮気の方がショックで、「本当なのか」とおろおろ尋ねかけている。しかし和奏は俯いたまま答えない。その態度は認めているも同然だった。

「もう一つミスしたことと云えば、うたた寝の間に雑誌を持ち去られたことです。最初はパラパラとめくっていましたが、付箋が貼ってある所まで行き着かず、居眠りをしてしまった。私のミスが居眠りしたことだけに限られているのなら、わざわざマガジンラックから雑誌を取り出さなかったか、付箋部分までちゃんと読んでいたか、起きたとき雑誌は手元に残っていたはずです。今や犯人が堂々と私の横を通り過ぎたことは解っています。だとすると犯人はその際雑誌に気がつき、思わず手に取ってしまったのではないか。例えば付箋部分に自分のことが載っているのを知っているとかして。犯行後の興奮した状態で自分が載っている雑誌がわざわざ人形の横に置かれていたら、驚いて手に取ってしまっても訝しくありません。しかし犯人の手は少しですが返り血がついていたため、持ち去って処分するしかなくなったのです。……その雑誌は柔道の雑誌でした」

　心当たりがあるのか、全員が息を呑むのが解った。メルカトルは嵩にかかるように、

「そう柔道です。犯人は金属バットを片手で持ち猪谷君を一撃で撲殺しました。柔道家なら可能でしょう。もちろん水泳選手や野球選手でも可能でしょうが。そしてなぜか私が手に取ってしまった柔道雑

誌。私は柔道に全く興味がありません。雑誌は他にもたくさんありました。なのに柔道を手に取ってしまった。そう……柔道です。そういえば優月さんはリハビリを兼ねて、みなさんのユニフォーム姿を衣裳にしていましたね。茂住君は水泳部で漆山君は野球部、和奏さんはチア部で、それぞれ衣裳が作られ人形に着せられました。そして書庫には野球人形と並んで柔道着を着た人形が飾ってありました。……ところであなたたちの中で柔道経験者はいるでしょうか」

「まさか猪谷が柔道家なのか」

軽量級だと細マッチョの柔道家も珍しくない。ただ猪谷は長身だったが。私の質問にメルは首を横に振ると、

「彼は漆山君のパンチをピボットで躱せると豪語していました。バスケ部だったのでしょう」

正解だったらしく、異を唱える者はいない。

「神岡さんは無趣味で最近釣りを始めたばかり。美涼さんはそもそも身体が弱くスポーツは無理。もちろん優月さん本人でもありません」

日は沈み、山は薄暮《はくぼ》に覆われている。しかし誰も照明をつけようとはしない。メルカトルはとどめとばかり周囲を見回すと、

「もう、お解りでしょう。犯人は私を人形と間違えた。つまり私の姿を一度も見たことがなかったのです。それでも一抹《いちまつ》の不安があるのなら、裏窓から逃げればよかったのですが、犯人は選択しなかった。なぜなら隣の別荘が売りに出され今は無人なことを知らなかったからです。別荘の件は昨日の夕食時に神岡さんが語っています。つまり犯人は昨日の夕食に臨席していなかった。また犯人は午後一時に金属バットが書庫にあるかどうかで影響を受ける人物だった。この中に該当する人物はいません。しかし朝の十時頃に名古屋から出発した者ならどうでしょう。もしバットが一時までに持ち去られていたのなら、一時までに辿り着けないことが立証されれば、

確実に犯人にはなりえなかったはずです。美袋君の証言が影響力を持つのはこの一人に対してのみです。また釣り場の鐘ヶ淵は別荘へ向かう道中で迷った私たちも通りかかりました。もし同じように道に迷って恋人の浮気現場を目撃したとしたら。過去に幾度も浮気に悩まされていて、それがよりによって同じ仲間だと知って頭に血が上ってしまったのかもしれません。こっそり別荘に来て、様子を窺って被害者と連絡を取り、温室に呼び出したのでしょう。そして書庫で入手したバットで勢いに任せて撲殺《ぼくさつ》した。慌てて別荘を離れると、ずっと道に迷っていたことにしてアリバイを作ろうとした。つまり犯人は……」

その時、駆け足で誰かが上ってきた。

「メルカトルさん。例の女が到着しました」

若い警官だった。メルに云い含められていたのだろう。中年刑事はなぜ俺じゃないんだという顔をしている。しかし誰も妨《さまた》げなかった。

「通してあげてください。主役の登場です」

メルは再び一同に向き直ると、

「私からは以上です」

と軽く一礼した。そのまま私の耳元に近づき、

「ご要望通り、婚約者が来る前に犯人を指摘してあげたよ」

得意げに小声で囁く。確かにそうなのだが……。

重々しい足音が近づいてドアの前で止まる。

日が沈み暗くなったリヴィング。ゆっくりとドアが開き、廊下の明かりが室内に射し込む。

そんなスポットライトを背中に浴びて、花柄のワンピースからムキムキな手足を突き出した、まるでヘラクレスのような女子柔道家が姿を現した。

〈初出一覧〉

**愛護精神**
「メフィスト」1997年9月号

**水曜日と金曜日が嫌い**
『7人の名探偵』2017年9月（講談社ノベルス）／
2020年8月（講談社文庫）

**不要不急**
『Day to Day』2021年3月

**名探偵の自筆調書**
「IN★POCKET」1997年8月号

**囁くもの**
「メフィスト」2011 VOL.3

**メルカトル・ナイト**
「メフィスト」2019 VOL.3

**天女五衰**
「メフィスト」2020 VOL.2

**メルカトル式捜査法**
「メフィスト」2020 VOL.3

# メルカトル悪人《あくにん》狩《が》り

二〇二一年九月十五日　第一刷発行

**KODANSHA NOVELS**

定価はカバーに表示してあります

著者―麻《ま》耶《や》雄《ゆ》嵩《たか》

発行者―鈴木章一

発行所―株式会社講談社
東京都文京区音羽二-一二-二一
郵便番号一一二-八〇〇一
編集〇三-五三九五-三五〇六
販売〇三-五三九五-五八一七
業務〇三-五三九五-三六一五

本文データ制作―講談社デジタル製作

印刷所―豊国印刷株式会社　製本所―株式会社若林製本工場



N.D.C.913　246p　18cm　ISBN978-4-06-524056-4

KODANSHA